ISBN : 978-2-9583732-4-5

MarieFA.Auteur@gmail.com
www.mariefa.fr

Illustration blason protecteur ©Audrey Patrigeon

LES PROTECTEURS

Tome 2 Pleine lune

Marie F . A

<h1 style="text-align:center">Petit rappel :</h1>

<u>Personnages de l'agence et dons :</u>
Maitres :
Stan : Télékinésie/ force et vitesse
Yann : Télékinésie
Frédérique : Sorcier
Cédric : Force vitesse/ communique avec les esprits.
Orphée : Contrôle les éléments de la nature
Mustapha : contrôle les éléments de la nature

Épique 1 :
Damien : force vitesse
Alison : force vitesse
Juliette : force vitesse
Mathieu : force vitesse
Charlène : force vitesse

Équipe 2 :
Jérôme force vitesse
Marie-Laure : force vitesse
Yannick : force vitesse/communique avec les esprits
Liam : force vitesse
Ethan : force vitesse

Océane : Don de la voyance ; prédit l'avenir, mais peu aussi consulter la boule de cristal ou « boule magique » destinée aux Protecteurs ayant le don qui permet de voir le passer, le présent et le futur dès l'âge de 21 ans.

Gabriel : Télépathe
Karine : communique avec les esprits.
Louis (le fils de Karine) : contrôle les éléments de la nature

Laurent : communique avec les esprits
Justin : télékinésie Angélique, Aurélie Audrey : sorcières
Stéphanie : experte en démons
Marc : expert en vampire
Sabrina : experte en Loups-garous
Mr Franc : expert en extra-terrestre
Grec : Cuisinier
Grimini et Grimiyo : Grelin ; créature de la taille d'un nain,
espiègle comme un lutin capable de se déplacer à la vitesse
de la lumière et d'hypnotiser les êtres humains.

« Dans la profondeur de la forêt, résonnait un appel,
et chaque fois qu'il l'entendait, mystérieusement
excitant et attirant, il se sentait obligé de tourner le dos
au feu et à la terre battue qui l'entourait, et de plonger
au cœur de cette forêt toujours plus avant, il ne savait
ni ou ni pourquoi ; il ne se posait pas la question mais
l'appel résonnait impérieusement dans la profondeur
des bois. »
L'appel de la forêt. Jack London

Ce Livre est dédicacé à Fortuna, ma louve…

Histoire amérindienne m'ayant inspirée pour cette histoire

« Un soir, un vieil indien Cherokee raconte à son petit-fils
l'histoire de la bataille intérieure qui existe chez les gens et lui dit :
Mon fils, il y a une bataille entre deux loups à l'intérieur de nous
tous.
L'un est le Mal : C'est la colère, l'envie, la jalousie, la tristesse, le
regret, l'avidité, l'arrogance, la honte, le rejet, l'infériorité, le
mensonge, la fierté, la supériorité, et l'égo.
L'autre est le Bien : C'est la joie, la paix, l'amour, l'espoir, la
sérénité, l'humilité, la gentillesse, la bienveillance, l'empathie, la
générosité, la vérité, la compassion et la foi. »
Le petit fils songea à cette histoire pendant un instant et demanda
à son grand-père :
Lequel des deux loups gagne ?
Le vieux Cherokee répondit simplement : Celui que tu nourris."
Alors lequel des deux loups intérieurs vous habite-t-il ? Lequel
laissez-vous dominer votre cœur ?

Cette bataille d'émotions duelles peut être une vraie source
éprouvante pour chacun d'entre nous. Si les émotions ne sont
certainement pas à renier, elles nécessitent une compréhension
empirique de l'être humain. Et c'est en effet dans ce
développement personnel que nous allons pouvoir équilibrer ces
deux loups intérieurs ou tout simplement apprendre à mieux
œuvrer dans notre vie avec nos émotions. »

Prologue

Il faisait nuit, le froid était glacial. C'était le calme absolu, il n'y avait personne et la lune était pleine. Je me trouvais seule dans cette immense forêt, allongée sur le sol. Je ne savais pourquoi je me trouvais là. Étais-je en mission ? Avais-je eu un accident et perdu connaissance ?

Je me redressai lentement puis regardai partout autour de moi. J'appelai mes amis protecteurs mais personne ne répondit… Je me levai alors et aperçus cette drôle de femme. Elle avait de longs cheveux blonds légèrement ondulés, vêtue d'une longue tunique blanche et avait dans la main une sorte de grand bâton. Cette dernière était entourée de magnifiques loups, blancs, gris ou noirs, tous aussi beaux les uns que les autres. J'avais l'impression qu'elle sortait tout droit d'un livre fantastique. Mais qui était-elle ? Que faisait-elle ici plantée dans les bois et d'où sortaient tous ces loups ? Je sentais que cette drôle de dame était bienveillante. Elle me fit signe de la suivre. Je me levai et avançai vers elle. La femme pénétra dans les bois. Alors que nous marchions, nous arrivâmes devant deux chemins bien distincts. L'un donnait sur la droite, il était éclairé et fleuri alors que l'autre sur la gauche était sombre et effrayant. La dame prit le chemin de droite, toujours suivie de ses loups et m'invita à continuer de la suivre. Bizarrement, sans pouvoir expliquer mon choix, je pris l'autre chemin puis commençai à m'y aventurer, tout en continuant de contacter mes amis. Je n'étais pas rassurée du tout et j'avais cette drôle de sensation que l'on m'observait. Je marchai doucement et alors que je pénétrais plus profond dans les bois, je m'aperçus que je n'étais pas seule. Des bruits qui ressemblaient fortement à ceux d'un animal sauvage en train de se déplacer se firent entendre. J'eus envie de me retourner pour apercevoir l'animal ou plutôt la créature à laquelle j'avais à faire... mais un grognement retentit et la peur me paralysa. Je restai là, figée, mon ouïe totalement en éveil... Je pouvais entendre la respiration de la chose qui se trouvait derrière moi. Alors que je m'apprêtais courageusement à me retourner, une bonne fois pour toute, afin de regarder, j'entendis un grognement... Je me mis alors à courir à toute allure et la bête que j'imaginais féroce s'élança à ma poursuite.

Chapitre 1
Renouveau

Dans la nuit noire, déserte, je courais à toute allure, traversant cette forêt effrayante, sans prendre le risque de m'arrêter. Je sentais que la chose qui me pourchassait ne ferait qu'une bouchée de moi si j'avais le malheur de m'arrêter. Alors que les battements de mon cœur s'accéléraient, j'entendis une douce voix m'appeler :

— Lou… Tu m'entends ?

Je ralentis alors pour essayer de me concentrer sur cette voix qui me semblait familière.

— Lou, allez debout !

J'ouvris les yeux et lentement réalisai que j'étais dans mon lit et que ça n'était qu'un rêve.Je n'eus pas le temps de sortir complètement de mon sommeil que la voix de ma mère retentit de nouveau :

— LOU ! Tu vas être en retard au lycée !

Les cheveux en pétard, le bras tout engourdi, je répondis mollement :

— C'est bon, je me lève…

Comme chaque matin, après un passage à la salle de bain pour prendre une douche, je m'habillai et hop ! c'était parti pour une journée de cours !

En arrivant dans la cuisine pour prendre mon petit déjeuner, je constatai que maman avait voulu nous faire plaisir en préparant des crêpes mais il faut dire que la cuisine n'était pas son point fort.

— Non maman, je t'assure qu'elles étaient bonnes tes crêpes ! dit gentiment Eddy à ma mère en essayant tant bien que mal de dissimuler son sourire.

Je m'approchai de la table où était posée l'assiette qui contenait les fameuses crêpes. Comme d'habitude, elles étaient difformes et légèrement brûlées sur les bords. A l'instar de mon frère, je me retins de rire et je pris une crêpe pour lui faire honneur et dis :

— Merci m'man, je la mangerai sur la route.

Eddy et moi, nous nous dirigeâmes vers la sortie où nous attendait notre père, qui ce jour-là, était en congé. Il me fit un clin d'œil et me tendit les clefs de la voiture. En effet, depuis quelques mois, j'avais commencé la conduite accompagnée.

— Euh papa, t'es sûr que c'est une bonne idée ? Sérieux quoi, j'ai que 15 ans ! C'est trop jeune pour mourir ! dit Eddy, suppliant.

— Non mais, tu n'exagères pas un peu avec ta sœur ? répondit papa avant de reprendre, … oui bon d'accord l'autre fois, on s'est pris un trottoir mais…

— Euh, on est carrément monté dessus papa ! Et elle a failli écraser une dame âgée !

— Attends que ce soit ton tour, on va bien se marrer ! répliquai-je. Et puis je te signale que j'étais archi- déconcentrée ! Tu n'arrêtais pas de gesticuler comme un dingue sur ta musique de fous !!

— Ah ouais, au fait, t'as fini d'écouter l'album ? Tu penses quoi du batteur ?

Maman arriva dans le couloir et répéta encore une fois :

— Vous allez être en retard au lycée !

Sur ces mots, nous quittâmes la maison pour aller nous installer dans la voiture. C'est légèrement stressée que je m'installai à la place du conducteur.

— Rétro ? demanda papa

— O.K !

— Ceinture ?

— O.K !

— C'est parti ! Allons mener la chariotte et allons-y prestement !

Fans du film auquel il faisait référence, tous les trois nous éclatâmes de rire. Alors que je démarrais la voiture, la radio se mit en marche et un son de rap en sortit et je me mis à danser comme une folle tout en chantant :

— A chaque jour, suffit sa peine !! Oh, oh ohoh ...

Eddy qui commençait à bouder, me supplia :

— Oh non Lou, s'il te plaît, mets du rock !

— Meuh nan, c'est trop cool ! Moi j'adore, ça met dans l'ambiance !

Depuis que je sortais avec Benjamin, j'appréciais de plus en plus le rap et en écoutais beaucoup ce qui ne cessait de surprendre mon frère. Ce dernier qui se bouchait les oreilles pour échapper à la musique, sortit un CD de son sac et le donna à mon père, assis à côté de moi.

— Papa, sois sympa, mets ça !

Mon père mit le CD, un album d'un nouveau groupe de rock que nous appréciions tous les deux. L'ambiance passa du rap à un son rock bien métalleux. Cette fois-ci, c'est mon père qui se boucha les oreilles et Eddy s'écria :

— Waouuuhouuh, ça, c'est de la musique ! Nan mais sérieusement Lou, c'est quoi cette lubie d'écouter du rap en ce moment ! Si ça continue, on va devoir te placer pour l'adoption.

Après avoir ri, je répondis :

— Oh, lala, faut être ouvert dans la vie ! Hein ! s'ouvrir à d'autres styles de musique, t'es au lycée maintenant, faut évoluer ! dis-je tout en regardant attentivement la route.

— Et ton changement de style, on en parle ? C'est quoi cet horrible sweat de racaille que tu portes H24 ? Et cette écharpe de foot hideuse qui pue la clope à des kilomètres à la ronde ?

Il parlait d'un pull et d'une écharpe de foot de l'équipe de Mystéria que Benjamin m'avait laissés afin que son odeur m'accompagne toute la journée. Tout le monde se doutait que j'avais un copain mais comme je niais l'évidence prétextant qu'il n'était qu'un pote, rien n'était encore officiel. Alors que je roulais en esquivant ses questions, mon père cria :

— Oh ! Bon sang Lou, freiiine !

Je pilai devant un passage pour piétons, manquant d'écraser les pétasses de ma classe.

— Pourquoi t'as freiné, Lou ? demanda Eddy avant d'éclater de rire. Maintenant qu'il était au lycée avec moi, il les connaissait bien et les détestait autant que moi.

— Ça n'aurait pas été une grosse perte ! ajouta-t-il.

— Nan, mais c'est de la mauvaise herbe, ça ne crève pas comme ça !

— Il nous faudrait un bus !

— Ah mais grave ! Carrément ! Au menu, hachis de pétasses !

Mon père, qui n'approuvait pas notre humour noir, prit la parole :

— Cesse de plaisanter Lou ! Mène-la chariote correctement !

Amusé par la façon de parler de mon père, Eddy dit d'un air faussement désespéré :

— Tu dis qu'on n'est pas matures papa mais tu nous donnes pas le bon exemple aussi avec tes conneries !

— Hé, ça c'est vrai ! répondis-je.

Alors que nous approchions du lycée, mon père se rendit compte que j'avais gardé ma crêpe, emballée dans du papier alu. Il la prit puis me dit « Tu ne vas pas manger ce truc immonde ! » avant de la balancer par la fenêtre. La pauvre crêpe ratée de ma mère atterrit par terre puis sous le pneu d'une autre voiture, ce qui déclencha un fou rire général.

Devant le lycée se tenait déjà Mathieu et Charlène qui, maintenant, étaient au lycée avec moi. Ils étaient tous les deux dans la classe d'Eddy. Mon frérot ne connaissait pas leur véritable identité... enfin, nos véritables identités. Les autres membres de l'Agence qui n'étaient pas au lycée avec nous, faisaient leur scolarité au lycée public qui se trouvait plus loin, en ville.

Après avoir quitté la voiture, mon frère et moi, nous nous dirigeâmes vers nos amis. Tom, Jessica et Lorry arrivaient aussi et nous fûmes rapidement tous réunis. Dorénavant, notre bande s'était agrandie mais cela ne dérangeait plus personne. Tom, Eddy et Mathieu s'étaient beaucoup rapprochés et avec Charlène, notre trio de filles était devenu un quatuor. J'étais en Terminale à présent. J'avais beaucoup travaillé avec Yann pendant les vacances et cette année scolaire débutait plutôt bien pour moi.

Alors que nous discutions devant le lycée, le vent souffla tout à coup, les feuilles jaunes d'automne se mirent à voler autour de nous et je me couvris de ma capuche.

— Il est horrible ton pull Lou ! me fit remarquer Tom.

— Grave ! ajouta Jessica qui fit une grimace.

Sourire aux lèvres, Eddy s'empressa de dire à son tour :

— J'arrête pas de le lui dire !

— Il va arriver là ! dit Lorry tout excitée.

— Qui ? demanda Eddy, surpris, avant d'ajouter après avoir réfléchi un moment :

— Ah, mais ouais… Ton fameux pote en cuir !

Il se retenait de rire avec Tom.

Benjamin, lui, se tenait près d'un arbre avec Nassim et Benoît, deux nouveaux élèves qui avaient rejoint leur bande et faisaient du foot avec eux. Ils entraient bien dans le moule, tous les deux canons à bloc, crâneurs mais beaucoup plus sympas et ouverts que Brice et Anthony. Jessica, ayant remarqué leur présence, murmura :

— Tiens, quand on parle du loup…

N'étant pas du tout démonstrative avec Benjamin, surtout devant mon petit frère, je m'éloignai doucement de ma bande pour aller le rejoindre.

Au bout de quelques pas, je me retournai et les regardai avec un petit sourire. Puis je pivotai sur mes talons et me dirigeai droit vers Benjamin. Après m'avoir saluée, ses copains partirent un peu gênés et nous laissèrent seuls.

— Tu sens trop bon… lui murmurai-je discrètement.

— Et toi, t'es trop sexy avec ce pull.

— Au moins un qui me trouve stylée avec ! dis-je en riant.

Il fit une petite grimace puis continua en plaisantant :

— Meuh nan, c'est eux qui n'ont pas de goût, c'est tout !

Alors qu'il se rapprochait de moi pour m'embrasser, je reculai doucement puis dis :

— Y a mon frère…

Après avoir regardé discrètement derrière moi, il me rassura ;

— Nan, c'est bon. Ils ont avancé.

Il colla son front contre le mien, m'embrassa tendrement, me serra fort contre lui et après quelques minutes de câlin, il me prit par la main et nous nous dirigeâmes à notre tour vers les bâtiments. Arrivés devant la classe, c'est à contre cœur que nos mains se détachèrent et que nous allâmes rejoindre nos amis respectifs.

— C'est parti ! On va reprendre là où on en était hier, sortez vos affaires.

On commençait avec le cours d'anglais. Monsieur Lucas, le seul prof que je n'avais pas eu l'an passé était un rockeur cool avec ses élèves et autoritaire quand il le fallait. Le cours se déroula dans la bonne humeur. En ce milieu de semaine, la journée commençait bien ! Plus tard dans la matinée, alors que nous nous dirigions vers le cours suivant, Jessica recommença à parler du concert des « Bullet for my Valentine » auquel nous allions assister le soir même à l'Étoile Noire. Le spectacle devait démarrer en début de soirée afin de permettre aux étudiants qui avaient cours le lendemain de ne pas rentrer trop tard.

— Vous avez tous pris des places debout ? demanda-t-elle.

— Oui Jesse, on sera tous dans la fosse, on te l'a dit cent fois !

— J'ai trop hâte ! Alors, qui vient en fait ? demanda Lorry.

Après avoir compté mentalement, je répondis :

— Bah, quasiment toute notre équipe en fait. L'équipe 2 sera de patrouille. Donc nous et Mathieu, Charlène, Alison, Juliette et Dam. Et Océane vient avec son chéri, Ethan, de l'équipe 2. Il ne sera pas en patrouille car il est de repos. Ah oui et Eddy évidemment.

— Quoi ? ils sont ensemble, Océ et Ethan ? demanda Tom.

— Et oui, tu peux faire une croix sur Océane !

Le pauvre Tom était toujours célibataire, contrairement à Lorry qui sortait avec Enzo, le beau garçon au blouson noir et Jessica qui, quant à elle, se rapprochait de plus en plus de Jay, le beau surveillant asiatique sympa dont elle était amoureuse depuis la seconde. Ce dernier semblait lui porter plus d'intérêt maintenant que nous étions en terminale. Ils avaient commencé à se voir en dehors du lycée et ça n'était qu'une question de temps avant qu'ils ne sortent ensemble.

— Je suis le seul à être toujours célib ! ronchonna Tom.

— T'as qu'à sortir avec Mathilde ! Se moqua Jessica.

Elle parlait d'une nouvelle élève de notre classe qui était vraiment très spéciale. Elle était pâle, arborait un look négligé, un peu démodé, avait l'air tout le temps dans la lune et était extrêmement timide. Nous embêtions toujours Tom avec elle, car elle le regardait tout le temps.

— Arrêtez, je suis désespéré mais pas à ce point ! Cette fille, on dirait qu'elle vient d'une autre planète ! Elle est sympa hein, mais c'est pas mon style.

Alors que nous nous installions dans la salle, Mathilde se dirigea droit sur Tom et sans prendre la peine de nous saluer, elle lui demanda :

— Euh… on, euh..., se met ensemble pour le cours ?

Ne voulant pas la vexer, Tom accepta.

— Hé salut la compagnie ! s'exclama Jay qui sortait de la salle de colle au moment où le court se terminait et que nous empruntions le couloir. Jessica se retourna, légèrement mal à l'aise et passa sa main dans ses cheveux bruns mi longs. Elle lui adressa un petit sourire.

— Salut Jay. C'était sympa l'expo l'autre soir… Euh, on s'voit au concert ce soir ?

— Et comment ! J'ai hâte d'y être ! A ce soir la bande ! répondit notre ami.

« A ce soir » répondit la bande en chœur.

Alors que Tom se dirigeait vers John notre ancien batteur pour discuter, Jessica, Lorry et moi en profitâmes pour faire un saut aux toilettes. À peine arrivées, j'eus envie de partir en voyant Jennifer, Estelle et Lylie en train de se remaquiller devant les miroirs en riant, se moquant de toutes les filles qui passaient. Elles m'agaçaient ! Je voulais utiliser mes pouvoirs contre elle mais je n'en avais pas le droit, il fallait que je me calme. J'inspirai un grand coup, puis m'installai devant un des miroirs pour me laver les mains sans faire attention à elles. Mais comme d'habitude, elles ne pouvaient s'empêcher de faire des messes basses et de me regarder de travers.

— Quoi ? Nan j'pense pas qu'il se soit passé quelque chose entre eux… Elle est trop coincée… chuchota Estelle à Lylie.

— Moi j'suis sûre que si. Elle joue les petites saintes mais en réalité elle cache bien son jeu, répondit cette idiote de Lylie tout en se recouvrant son visage de fond de teint.

— Grave… ajouta Estelle qui brossait sa longue chevelure rousse en se regardant dans le miroir. J'peux pas la sentir s'te meuf. De toute façon, j'suis sûre qu'il n'y a rien de sérieux entre eux. Je connais Ben. Il joue avec elle c'est tout.

Alors que je commençais à bouillir de colère, la fenêtre des toilettes se mit à se balancer violemment ce qui, sur le coup, effraya Jennifer et sa stupide bande. Lorry qui se tenait juste à côté de moi, plaça sa main sur mon épaule.

— Ignore-les. Crois-moi, elles n'en valent pas la peine. Elle tourna sa tête en direction des filles et ajouta en levant le ton : « C'est juste qu'elles son grave jalouses ! Surtout Estelle. »

Nos rivales nous jetèrent un regard furibond. Sur ces mots, nous les laissâmes plantées sur place afin de rejoindre nos amis.

Les deux heures suivantes, nous eûmes cours de mathématiques. J'avais fait énormément de progrès, et bien que je détestais toujours autant cette matière, le temps me paraissait beaucoup moins long lors de ce cours. Toujours assise devant afin de rester concentrée, je me contentais d'écouter et de poser des questions lorsque je ne comprenais pas. Je recevais parfois des petits mots de Benjamin, ce qui je l'avoue me déconcentrait un peu !

Le cours toucha à sa fin et nous arrivâmes à l'heure du repas. Comme d'habitude, c'est vers la cafétéria que Tom, Lorry et moi nous nous dirigeâmes. Il y avait un monde de fou qui faisait la queue, mais étant donné que j'avais une demi-heure de soutien scolaire avec Jérémy après le repas, nous pouvions utiliser ce prétexte pour couper la file et passer les premiers. J'avais une faim de loup ! Une fois nos plateaux remplis à ras-bord, nous nous installâmes tous les quatre. John et Sarah nous rejoignirent quelques minutes plus tard.

— Prêts pour le concert ce soir les gars ? demanda avec enthousiasme John, notre ami le métalleux barbu.

— Et comment ! répondit Tom avec entrain.

— Nous, on va aller faire la queue dès la fin des cours, expliqua Sarah, la jolie brune, coiffée d'un carré plongeant, tout comme Jessica et qui sortait son soda.

— Vous avez bien raison ! Va y avoir un monde de dingue… lâchai-je entre deux bouchées.

— Vous n'allez pas venir faire la queue tout de suite, vous ? me demanda John estomaqué.

J'avalai d'une traite ma boisson, marquai une pause avant de répondre :

— Euh, Tom, Jessica et Lorry, oui, certainement, mais moi… j'ai… cours de soutien avec un prof particulier.

Notre ancien batteur me contempla avec de grands yeux curieux. Il savait que j'étais mordu du groupe que nous allions voir, et c'était évident qu'il était surpris d'apprendre que je préférais me rendre à cours de soutien plutôt que de me précipiter pour être au premier rang.

— Toi, Lou… Aller à un cours de soutien et prendre le risque de te retrouver tout au fond de la salle ? chuchota John avant de marquer une pause puis de reprendre ; Nan… Y'a autre chose… Tu nous caches un secret…

Il avait l'air très sérieux. Jessica, Lorry et moi échangeâmes des regards interrogateurs alors que John se tenait le menton et ne me lâchait pas des yeux. Soudain, il frappa sur la table et reprit :

— Mais oui ! Tu nous caches quelque chose et je sais ce que c'est ! Tu as… un autre mec ?!

Il éclata de rire, suivi de Sarah ainsi que du reste du groupe. Je dois avouer qu'il m'avait collé la chair de poule ! Pendant quelques secondes, j'ai bien cru qu'il allait révéler qu'il connaissait ma double vie… la vraie ! Je me levai, lui envoyai ma serviette en papier chiffonnée sur la tête puis rétorquai :

— Très drôle ! Abruti !

— Tu y vas déjà ? me demanda Lorry.

— Et ouais ! Le travail m'attend ! Jay déteste quand j'arrive à la bourre !

— Tu me diras s'il t'a parlé de moi ! lança Jessica telle une gamine de 12 ans.

— Je n'y manquerai pas ! Salut les gars !

J'attrapai mon plateau, le déposai sur le chariot qui contenait la vaisselle sale puis sortis de la cafétéria afin de me rendre en salle de classe pour y retrouver Jay. Alors que je passais les portes battantes, je sentis quelqu'un m'attraper le bras. Je me retournai instinctivement et constatai que c'était mon petit ami. Heureuse de le retrouver, je me jetai aussitôt à son cou et l'embrassai.

— Tu m'as grave manqué princesse, me chuchota-t-il à l'oreille.

— Toi aussi, répondis-je.

Alors qu'il s'apprêtait à m'embrasser avec fougue, nous fûmes interrompus par un petit groupe d'étudiants qui sortaient de la cafétéria. Il se détacha de moi. Le groupe passa devant nous, l'un d'eux salua Benjamin puis ils s'en allèrent. Je toisai Benjamin quelque peu mal à l'aise. Je détestais quand il faisait ça. Bien que nous fussions officiellement ensemble, il avait encore parfois cette fâcheuse habitude de me repousser devant certains de ses copains.

— Excuse-moi…, murmura-t-il.

— Pourquoi tu parles tout bas ? lui demandai-je mécontente.

— Excuse-moi Lou… C'est juste que…

—Tu as honte de t'afficher avec moi devant certains de tes potes…

— Mais nan pas du tout…

— Mais si…

— Nan je te dis… C'est juste pour préserver notre couple. Parfois les gens, ils jasent et parlent pour ne rien dire…tu connais…

Je levai les yeux au ciel. Il me fit son sourire charmeur qui opéra immédiatement, comme toujours. Je lui rendis son sourire. Il me prit dans ses bras, m'embrassa tendrement puis reprit :

— Tu sais très bien que je te kiffe. Je suis grave bien avec toi, et j'ai pas honte du tout qu'on s'affiche ensemble. Tiens, ça te

dirait de venir boire un verre avec moi ce soir après les cours ?

— Tu ne devais pas t'y rendre avec Antony et Brice ?

— Si, mais ça sera l'occase pour toi d'apprendre à les connaître un peu.

Je pris quelques secondes pour réfléchir. Après les cours, j'avais soutien avec Yann puis je devais me rendre à l'Agence. Mais je pouvais me permettre vingt petites minutes avant d'y aller. J'opinai.

— Génial ! On se retrouve après les cours alors !

Il m'embrassa une dernière fois puis fila.

Quant à moi, je me précipitai pour aller rejoindre Jay qui devait commencer à rouspéter car j'étais en retard. Le reste de ma journée d'étudiante passa plutôt vite. Contrairement à avant, j'entends par là, avant d'avoir une double vie, mes journées au lycée ne me paraissaient plus du tout aussi longues et interminables. J'étais concentrée en cours, épanouie lors des récrés car j'étais entourée de mes amis d'enfance, mon frère mais aussi de mes amis Protecteurs et de mon petit ami. Rien n'était plus pareil, c'était une nouvelle vie.

Chapitre 2
Une fin d'après-midi bien chargée

La fin des cours avait sonné, ma bande et moi nous dirigeâmes vers la sortie et ce fut l'heure pour moi de quitter mes amis d'enfance ainsi que mon frère pour aller retrouver Ben et ses copains. J'avais conscience que le timing allait être serré mais pour une fois qu'il me proposait de venir avec lui et ses potes, je me voyais mal de refuser sa proposition. D'autant plus qu'il avait raison, je ne connaissais pas beaucoup Anthony et Brice. Les seuls échanges que j'avais eu avec eux jusqu'à maintenant avaient toujours fini en conflits voir en bagarres. Je sentis le stress monter en repensant à tout cela. Je soufflai un coup, embrassai mes amis puis commençai à chercher Benjamin du regard. Au bout de plusieurs longues minutes, alorsqu'il ne restait quasiment plus personne, j'entendis la voix d'Anthony :

— Gallagher !

compagnie de Brice. Je ne mis pas longtemps à les rejoindre.

— Salut ! lâchai-je.

— Salut Lou ! répondit gentiment Benoît. Tu vas bien ?

— Tranquille et toi ?

— Vas-y, il m'a saoulé le prof d'histoire ! lança-t-il avant de s'esclaffer.

Je pouffai à mon tour.

— J'avoue, c'était relou, soufflai-je.

— Hâte d'être à la fac l'année prochaine. J'ai choisi sport, l'histoire n'est pas au programme.

— Cool ! Tu vas à Lyon ?

— Nan, à Mystique Lac et toi ?

— Moi aussi, je veux étudier l'Art.

— Ah mais ouais, Ben m'a montré tes dessins ! T'es grave douée toi, tu sais.

— Merci… répondis-je timidement.

Anthony était captivé par son téléphone portable et ne nous prêtait aucune attention alors que Ben et Brice se trouvaient toujours un peu en retrait derrière.

— Bon, on y va les mecs ? brailla Anthony, fidèle à lui-même, avec ses cheveux blonds bien coiffés, en tenue de sport et son ballon sous le bras.

Les garçons arrivèrent alors, Brice me fit la bise, ce qui me surprit. Mon petit ami se plaça à côté de moi, et alors que nous commencions à marcher, il me prit par la main. Un frisson me parcourut le corps, et les feuilles pourries qui se trouvaient au sol se mirent à se recolorer.

Direction le snack, celui ou Ben et moi avions eu notre premier rendez-vous. Alors que nous marchions dans les rues du centre-ville, je jetai un œil à ma montre qui affichait 15h15 pile. Je disposais d'un peu de temps avant d'aller retrouver Yann. Benoît et Brice étaient vraiment sympas et le stress s'était envolé. Nous pénétrâmes dans le snack et nous dirigeâmes vers le bar. La jalousie s'empara de moi lorsque je vis la barmaid, une jeune femme d'environ vingt ans qui se précipita vers Benjamin et l'enlaça sans même me calculer.

— Hé ! Salut Ben, tu vas bien ? Ça fait un moment qu'on ne s'est pas vus !

— Ouais, j'ai repris les cours, y'a le bac à la fin de l'année, et j'ai toujours les entraînements de foot le soir…

Elle ne le quittait pas des yeux, ce qui fit grandir la jalousie en moi. Elle le coupa, s'avança, lui mit une petite tape sur l'épaule pour répondre :

— Nan mais attends, j'espère que tu vas quand même arriver à trouver du temps pour moi !

Non mais pour qui se prenait-elle ?! Elle avait réussi à me mettre en rogne ! La colère s'empara de moi et je sentis mon corps bouillonner. Alors que je tentais de me calmer et que cette garce le regardait avec insistance, il lui adressa son sourire charmeur ! Celui dont j'étais folle et qui n'était réservé qu'a moi ! Et pour couronner le tout, il lui donna une réponse à laquelle je ne m'attendais pas :

— Je suis grave occupé entre les cours et le sport mais j'essaierai de te caler du temps dans mon planning !

C'était trop ! J'explosai intérieurement et une des bouteilles d'alcool qui était posée sur le comptoir éclata en mille morceaux ce qui eut pour conséquence que cette peste se retrouva avec de l'alcool plein ses vêtements. Tout le monde regarda autour du bar, cherchant à comprendre ce qu'il venait de se produire. Bien que j'étais en colère, je fus satisfaite de voir la serveuse partir pour réparer les dégâts et d'aller se changer.

Alors que nous nous dirigions vers une table, j'eus du mal à sourire après avoir assisté à cette petite discussion entre eux, contre temps dont je me serais bien passé. Assis à côté de moi, Benjamin plaça son bras autour de mon cou, malgré la présence de ses potes qui riaient ensemble.

— Ça va princesse ? me demanda-t-il.

— C'était qui cette fille ? demandai-je d'un ton sec ne pouvant dissimuler ma colère.

— Oh, la barmaid ? C'est Cindy. Son mec fait du foot avec nous. C'est juste une pote.

— Et bien, pour quelqu'un qui a un mec, elle a l'air d'avoir envie de passer du temps avec toi ! marmonnai-je.

— Hé ! C'est juste une pote, Lou. Elle a vingt-deux ans, souffla-t-il.

— Si tu l'dis… bougonnai-je alors que ma rivale revenait dans une nouvelle tenue, sur laquelle persistait malgré tout, une forte odeur d'alcool.

Les garçons se pincèrent le nez. Je me retins pour ne pas éclater de rire.

— Tu veux boire quoi Lou ? me demanda Brice :

— Un coca, répondis-je.

— On prendra cinq cocas, s'te plaît ma belle ! lança Brice à Cindy avant de lui faire un petit clin d'œil.

Elle passa sa main dans la longue chevelure brune et lui adressa un beau sourire. Quelle crâneuse…

— Je vous apporte ça tout de suite ! répondit la serveuse avant de tourner les talons.

Benjamin hésita, puis l'interpella.

— Attends Cindy…

Qu'allait-il encore lui dire ? Je tentai de rester calme, elle se dirigea vers notre table, se pencha vers nous, faisant bien exprès de dévoiler sa poitrine généreuse.

— Oui Ben ? Tu voulais me dire quelque chose ?

— J'ai pas eu le temps de te présenter ma copine, Lou.

Son sourire disparut. Elle me toisa, puis afficha un sourire que je pouvais qualifier d'hypocrite.

— Oh, excuse-moi ! Avec le petit incident je ne t'ai même pas dit bonjour ! Salut !

Elle s'approcha de moi, me tapa la bise, puis repartit vers le bar. Je ne connaissais pas cette fille, mais quelque chose me disait qu'elle n'était pas différente de Jennifer, Estelle et Lylie.

Alors que nous patientions autour de la table, Anthony, toujours aussi distant avec moi, entama la conversation en s'adressant à Benjamin :

— Alors ton frère, il part bientôt au bled, Ben ?

— Normalement ouais, je dois le voir tout à l'heure, il va me confirmer ça.

— Cool ! On va pouvoir faire une soirée chez lui et ramener plein de nanas ! Envoya Brice avant de s'esclaffer avant de me tirer la langue dans le but de me taquiner. Je savais qu'il plaisantait et qu'il voulait juste m'embêter. Bien que l'idée de les imaginer entourés de filles canons me rendait folle, je décidai d'entrer dans son jeu et fronçai les sourcils avant de lui sourire, puis lui tirer la langue en retour.

— Quoi t'es jalouse ? demanda Benoît, surpris.

— Toutes les meufs sont jalouses… ronchonna Anthony avec un petit sourire. Enfin, il se montrait gentil. Je poursuivis sur le ton de l'humour :

— Nan, nan, je ne suis pas jalouse, y'a pas d'problèmes. Allez-y à votre soirée avec vos nanas, moi je vais à mon concert ce soir, y'aura sûrement plein de beau rockeurs…

Benjamin fronça les sourcils et me dévisagea. Ses potes éclatèrent de rire.

— Matez les mecs, il est jaloux ! ricana Brice !

— C'est un canard ! poursuivit Anthony.

Notre commande arriva et Benjamin se contenta d'attraper son verre sans répondre. Je m'apprêtais à sortir de l'argent quand Brice régla l'addition. Je lui tendis trois euros.

— Nan, je t'invite, me dit-il.

Décidément c'était bien parti. Du moins c'est ce que je pensai à cet instant. Même Anthony commençait à être sympa et à s'intéresser à moi. J'avais découvert qu'il faisait de la boxe. Ayant des connaissances en ce domaine grâce aux cours de Cédric, cela nous permit de nous rapprocher. Bien que Nassim nous eut rejoints et que tout se déroulait à merveille, l'ambiance se plomba dès que Jennifer, suivie de ses deux idiotes de copines, pénétra dans le bar. Estelle me lança un regard noir. Alors qu'elles discutaient avec la barmaid, je constatai que, comme je m'en doutais, elles se connaissaient bien. Elles n'arrêtaient pas de me dévisager et de parler tout bas. Je savais qu'elles parlaient de moi et que le fait de me voir me lier d'amitié avec leurs mecs ne leur plaisait guère. Anthony et Brice nous saluèrent puis partirent retrouver les filles. Benoît se leva puis incita Nassim et Ben à le suivre.

— Bon, moi je vais aller m'entraîner princesse, souffla Benjamin.

J'attrapai son visage puis collai mon front contre le siens

— Je sais. Moi aussi je dois y'aller.

Je me levai, puis remerciai les garçons pour ce petit moment sympathique. Alors que je me dirigeais vers la sortie, je constatai que les filles me regardaient de travers. Je passai devant elles, la tête haute.

— Au revoir, lâchai-je à la serveuse. Cette dernière m'envoya un au revoir mielleux puis tourna la tête en direction des filles qui se retenaient de rire. Je devinais bien qu'elles se foutaient de moi mais cela m'était complètement égal. Je quittai le snack, longeai la rue, puis me rendis aux Beaux Airs afin d'y retrouver Juliette et Alison, qui elles aussi avaient cours avec Yann. À l'aide de mon pouvoir de rapidité, je m'y rendis en moins de deux. Assise seule sur un banc, Alison, fidèle à elle-même, vêtue d'une ravissante tenue gothique et portant un maquillage sublime et original, avait l'air de m'attendre.

— Salut ! Bien ta journée ? demanda Ali avec enthousiasme.

— Tranquille et la tienne ? répondis-je.

— Une journée mortelle ! comme d'hab, il était temps qu'on se retrouve ! souffla-t-elle.

— Hâte qu'on soit à la FAC l'année prochaine, on sera ensemble… Toi, moi, Juju, Liam, Angélique, Audrey, Aurélie…

Aurélie…ajoutai-je alors que je cherchais Juju du regard.

— Elle n'est pas là, elle est rentrée goûter avec sa famille, faut qu'on passe la récupérer.

Sur ces mots, nous prîmes la direction de l'immeuble de notre copine. Alors que nous avancions, je pris la parole :

— Et sinon, qu'est-ce que tu faisais ici toute seule ?

Alison baissa les yeux, haussa les épaules et ne répondit pas. Je me doutais qu'elle traînait dehors afin d'éviter son père qui avait tendance à boire et à être de mauvaise compagnie.

Je plaçai ma main sur son épaule puis repris :

— Tu peux me parler Ali.

Elle me sourit, puis s'expliqua après quelques secondes d'hésitation :

— Je le sais… Tu es une amie… J'en ai conscience… Eh ben, comme d'habitude, mon père avait un petit coup dans le nez… Il n'est pas méchant quand il est comme ça… Au contraire, il me parle… beaucoup… Mais voilà quoi, il se répète, dit des choses dénuées de sens et… C'est relou… !

— Je sais. Je connais… Mon père a tendance à être comme ça quand il est contrarié. Il boit en cachette de ma mère, confiai-je à mon amie.

— Ça craint… ! Ce qui m'inquiète c'est que depuis la mort de ma mère, ça ne fait qu'empirer… J'entre à la fac l'année prochaine et je voudrais vraiment qu'il se fasse aider… je ne vais pas pouvoir le laisser tout seul…

— Je pense que tu as raison… Il a besoin d'aide… Et quand le moment sera venu, je serais là pour t'aider à le convaincre d'entrer dans un centre pour suivre une cure.

Ali m'adressa un sourire. Nous arrivâmes devant chez Juju. Elle habitait au troisième d'un immeuble de cinq étages. Après avoir sonné à l'interphone, la porte s'ouvrit et nous pénétrâmes dans l'immeuble. Manque de bol pour nous, l'ascenseur était en panne, comme c'était souvent le cas. Nous empruntâmes alors l'escalier et déboulâmes sur le troisième palier. À peine arrivées, un jeune homme, grand, très mince, cheveux blonds, nous ouvrit la porte et nous fit signe d'entrer. Il s'agissait de son frère. Notre amie était la seule fille d'une fratrie de six enfants.

L'appartement empestait la cigarette. C'était un grand F5. Nous pénétrâmes dans l'entrée. À gauche se trouvait la salle de séjour, plutôt grande. Les meubles dataient des années 90. Je me demandai si c'était pour donner un style original ou s'ils étaient dans une situation très précaire. Juste en face de nous, nous pouvions voir la cuisine petite mais fonctionnelle et à droite deux portes, celles des WC et de la salle de bain. Puis un grand couloir qui donnait accès aux chambres.

— Juliette se prépare. Vous voulez boire quelque chose en l'attendant ? nous demanda son frère.

— Je veux bien un verre d'eau, répondis-je.

Alison qui les connaissait un peu plus que moi et qui était plus à l'aise, ôta son long gilet noir et prit l'initiative de se diriger vers la cuisine en mentionnant qu'elle voulait boire un jus de fruit. Le garçon nous fit signe de nous asseoir, puis nous servit.

— Alors, vous allez faire la queue pour le concert, là ? demanda t-il.

— Ouais, on y va juste après notre cours de soutien.

— Vous êtes folles, va y'avoir un monde de dingue, expliqua le frère de notre amie.

— Et toi ? Tu y vas Max ? demanda Alison ?

— Nan… Je suis puni, souffla-t-il.

— Qu'est-ce que t'as encore fait ? l'interrogea Alison.

Max me contempla, quelque peu mal à l'aise puis reprit :

— J'ai piqué dans un magasin…

— Nan… Tu abuses ! Bon, et tu as volé quoi ? J'espère au moins que c'était quelque chose qui en valait la peine ? se moqua Alison.

— Du PQ… lâcha t-il.

Alison et moi explosâmes de rire.

— T'es sérieux mec ? Tu as chouravé du PQ ? ajoutai-je.

Il porta son verre à la bouche, prit une gorgée puis répondit :

— On allait camper dans les bois, on avait claqué tout notre fric dans la bouffe !

Nous nous mîmes à rire tous les trois quand soudain la voix de notre amie se fit entendre.

— Xavier ! C'est toi qui as touché à mes affaires ??

Je devinai aussitôt que Juliette se disputait encore avec ses frères.

— De quoi tu parles la chieuse ? brailla une voix qui provenait d'une des chambres. Le bruit, l'odeur et les rires masculins me laissaient comprendre que ça jouait à la console et que ça fumait.

— Mon pull « Bullet for my Valentine » pour le concert ! brailla Juliette de sa petite voix pleine de caractère.

— Jamais j'aurais touché ce truc qui pue ok ?

— Je crois que c'est Guillaume qui l'a pris ! Il est dans sa chambre ! lança une autre voix masculine.

— Tu fais chier putain !! J'en ai besoin !!

— Vas-y, boucle la l'emerdeuse, y a tes copines qui sont là !

cria Max avant de nous saluer puis de quitter la pièce. Soudain Juliette débext{oula} dans la cuisine afin de nous enlacer. Elle sortait de ladouche et sentait bon le savon à la vanille. Ses cheveux étaient mouillés, légèrement frisés ce qui lui donnait un petit côté rasta qui lui allait à ravir. Vêtue de son fameux pull et d'un baggy, elle attrapa son sac de cours, puis nous invita à sortir afin d'aller chez Yann pour étudier.

C'est à vitesse surhumaine que nous nous y rendîmes. Mathieu et Charlène nous rejoignirent pour suivre le cours. Ils étaient de bons élèves, ils étaient surtout là pour passer du temps avec nous. Alors que nous arrivions comme des fleurs devant son charmant immeuble bourgeois, à la façade immaculée et moderne, le total opposé des immeubles des Beaux Airs, notre prof nous attendait de pied ferme !

— Vous êtes en retard ! lança-t-il très sérieusement.

Je pensai aussitôt au célèbre magicien Gandalf du seigneur des anneaux puis répondis :

— Un Protecteur n'est jamais en retard ! Ni en avance d'ailleurs, il arrive toujours à l'heure précise !

Il éclata de rire, les filles aussi. Je repris mon sérieux.

— Bonjour monsieur le professeur ! lui dis-je respectueusement après lui avoir serrer la main.

— Salut les jeunes ! Vous êtes bien nombreux ! Allez au boulot !

C'était parti pour une petite demi-heure d'étude en compagnie de mes amis. J'avais beaucoup d'admiration pour Yann. Il était médecin, Maître Protecteur et il arrivait à trouver du temps pour nous aider à améliorer nos résultats scolaires. Cela dit, j'étais un peu triste pour lui car il n'était pas marié et n'avait pas d'enfants. Il parlait peu de sa vie privée, mais la seule chose qu'il m'avait confié à ce sujet, c'est qu'il n'avait pas de temps à consacrer à une vie de famille, ou alors, il faudrait qu'il rencontre quelqu'un qui partage sa double vie.

Après avoir étudié, c'est à l'Agence que nous nous rendîmes. Et comme d'habitude, c'est avec la relève que nous commençâmes. Tout le monde était présent à l'exception d'Océane qui n'était pas encore arrivée, ainsi que Fred qui s'était rendu en Angleterre au Centre des sorciers.

— Bon, bah, on va commencer sans elle ! bougonna Mathieu qui se balançait sur sa chaise tout en dégustant du pain fait maison, que nous avait apporté Greg pour accompagner nos cafés.

— Ah ouais … Commençons sans la nana qui tient l'Agence par les couilles ? lâcha Ethan.

Mathieu pouffa de rire, attrapa une petite boulette de mie de pain et l'envoya sur Ethan.

— Tu dis ça parce que c'est ta meuf ! La seule qui pourra se vanter de tenir l'Agence par les couilles, une fois devenue Maître, ça sera Lou ! dit Mathieu en me désignant fièrement du doigt.

Je me raclai la gorge. Mathieu était convaincu que j'allais développer tous les dons et devenir surpuissante. Mais rien n'était sûr. Et dans la mesure où la seule personne à qui cela était arrivé avait sombré de côté du Mal, je préférais ne pas y songer. Le bruit des talons de notre Océane se fit entendre. Elle pénétra dans la salle, et contrairement à d'habitude où elle était rayonnante, elle avait une très mauvaise mine. Le visage pâle et des cernes sous les yeux donnaient l'impression qu'elle n'avait pas dormir depuis des jours. Elle essuya son nez qui coulait, nous salua puis s'excusa pour son retard.

Elle prit une chaise à côté de Mathieu qui eut le réflexe de se lever.

Il plaça sa main sur son coude, puis partit s'installer à l'autre bout de la table.

— Je n'ai pas la peste, tu sais ! ronchonna notre voyante alors qu'elle rassemblait ses affaires devant elle.

— On n'est jamais trop prudent ! Je n'ai pas envie de chopper ta merde ! Tu sais qu'il y a la grippe qui se balade et qui envoie du monde à l'hôpital ? rétorqua Mathieu qui désinfecta toutes les surfaces qui l'entouraient.

— C'est vrai ! Le service médecine est saturé. Ça n'arrête pas en ce moment, elle est violente cette grippe, confirma Yann.

Mathieu dénoua le bandana qui lui servais de bracelet puis le plaça sur son nez et sa bouche afin de se protéger des miasmes d'Océane qui toussait.

Alors que tout le monde le prenait à la rigolade, lui était très sérieux.

— Allez-y, marrez-vous ! Quand vous serez malade vous ne viendrez pas chialer !

— Bon, nous allons commencer ! proposa Stan.

Tout le monde se redressa, stylo et carnet en main et la relève commença.

— Alors, tout d'abord le point sur la nuit d'hier ? L'équipe deux ? demanda Yann.

— Et bien c'était une nuit bien agitée. répondit aussitôt la belle Marie-Laure.

— Des vampires ? Ceux qu'Océane a vu dans sa vision ? demanda Stan.

— Oui, tout juste ! répondit Marie-Laure. Sauf qu'ils étaient quatre, et pas deux… De vieux vampires. Le combat a été éprouvant.

Tous les regards se braquèrent vers la jeune voyante qui était toujours aussi mal en point.

— Oh non… C'est ce que je craignais… lâcha Stan.

Alors que tout le monde le dévisageait, il descendit de son petit nuage et poursuivit :

— Euh, pardonnez-moi !! Je voulais dire que je craignais que les visions d'Océane ne soient faussées, étant donné qu'elle est malade.

— On a eu aussi à faire à un drôle de démon, poursuivit Jérôme.

— Ah… Océane ne l'avait pas vu venir. dit Yann. Comment était-il ?

— Physiquement, il ressemblait à un homme, sauf qu'il était orange, avec des cornes et des yeux rouges. On a galéré pour le tuer avec Liam.

— Hum… Il n'appartenait à notre dimension celui-là, coupa Stéphanie, notre experte en démons qui prenait des notes. Il y en avait qu'un seul ?

— Oui, répondit Liam.

— Va falloir surveiller ça. Notre ville est un nid à monstres, c'est bien connu, mais quand un nouveau démon débarque en général ce n'est pas par hasard. Il se trame peut-être quelque chose. Parfois, il arrive que certains démons se rassemblent dans les cimetières pour réveiller les morts.

— Brrr !! dit Juliette.

— Rien d'autre ? demanda Yann.

— Non ? Et c'était déjà pas mal ! dit Liam.

— Bon et bien… Nous allons redoubler de vigilance ce soir. Une bonne partie d'entre vous assiste au concert alors nous serons en sous-effectif.

— Océane, tu veux bien essayer de regarder si ça va être calme ce soir ? demanda Stan.

Notre jeune amie avait l'air complètement ailleurs. Le regard dans le vide, elle avait probablement une vision.

— Océane ? l'appela Ethan.

La jeune femme secoua la tête et plaça ses mains sur ses yeux.

— Tu as vu quelque chose ? demanda Stan.

— Non… enfin si, mais c'était très flou… J'ai vu quelque chose de poilue… répondit la voyante.

— Ça, c'était les jambes d'Ethan ! ricana Mathieu.

Tout le groupe éclata de rire, à l'exception de Stan.

— Intéressant… dit ce dernier.

— Oh oui, c'est très intéressant les poils sur les jambes d'Ethan, renchérit Marie-Laure avant de glousser, imitée par le reste du groupe.

— Ce n'est pas drôle ! ronchonna Océane. Je vois des poils, les gars ! Et des griffes !

— Faut qu'il songe à s'épiler le torse ! ajouta Steph avant d'éclater de rire. Comme les autres, je riais de bon cœur sans me douter que notre voyante pressentait un réel danger.

— C'est la pleine lune ce soir ! Ce phénomène a tendance à exciter certains monstres. Nous allons patrouiller afin d'assurer la sécurité de la ville et ses alentours.

Océane plaça ses mains sur la carte, ferma les yeux puis tenta de se concentrer. Au bout de plusieurs longues minutes, elle souffla puis déclara qu'elle n'arrivait pas avoir de visions claires. Cédric mit fin à la relève en ordonnant à Jérôme, Marie-Laure, Yannick et Liam de patrouiller dans les bois à la nuit tombée. Ils avaient carte blanche. Il était prévu que les Maîtres se chargent de surveiller la ville et les alentours. Il était temps de se lever et de se rendre à la séance de combat !

Nous nous rendîmes en salle de combat avec Cédric. Le cours débuta avec un exercice que j'adorais ; combat avec un monstre !

Notre Maître lâcha le monstre qui avait un gros tentacule similaire à celle d'une pieuvre géante à la place d'un bras ! En binôme avec Damien, nous lui collâmes une bonne raclée ! Je me rapprochais beaucoup de Damien, qui avait toujours un petit faible pour moi. Je m'entendais aussi très bien avec Liam, ce beau gosse aux cheveux cours sur les côtés et longs sur le dessus de la tête, qui était un vrai comique et qui faisait toujours rire la galerie.

— Deuxième exercice… lutte avec le demi-vampire ! brailla Cédric. Lou et Liam, allez me le chercher, bougez-vous les miches !

À peine remise de mes émotions, j'obéis à mon Maître et me rendis, en compagnie de Liam, dans le couloir où se trouvaient les monstres. Comme deux collègues de boulot, nous discutâmes alors que nous longions ce long couloir sombre et effrayant.

— Alors, l'année prochaine, on sera dans le même bâtiment si j'ai bien compris ? me balança Liam sourire aux lèvres.

— Tu étudies quoi, toi ? demandai-je.

— Je suis dans l'audiovisuel. Toutes les filières liées à l'Art sont regroupées dans un même bâtiment, et à l'opposé du campus, tu verras, y a un autre bâtiment pour ceux qui étudient le sport, les maths, la médecine…

— Oh… ! Mon copain et moi, on ne sera pas dans le même bâtiment… grommelai-je.

— On y est… Vas-y toi, il t'aime bien, dit mon ami.

Il me tendit la carte. Je soufflai puis la passai sur la plaque métallique et la porte s'ouvrit. Au bout que quelques minutes, Sébastian déboula, à moitié endormi. Il s'étira, nous contempla, désorienté, comme à chaque fois qu'on le sortait, puis une fois bien réveillé, il me toisa et me lança un regard sexy.

— Salut ma blonde.

— Salut Seb. Comment tu t'sens ? osai-je.

Il se gratta la tête puis répondit :

— Comment je me sens… ? Ben, écoute, comme un type qui dort les trois quarts du temps et qui n'est réveillé que pour s'en prendre plein la gueule…

Je plongeai mon regard dans le sien. Le beau ténébreux m'adressa une petite moue, puis reprit :

— Mais ça va ! Je le vis bien ! Avant de m'adresser ce petit sourire à la fois charrieur et aguicheur qui lui donnait un côté sympathique.

— On y va ? lui demandai-je en désignant la salle de combat du doigt. Il me défia du regard.

— Je n'ai pas envie d'bosser aujourd'hui. Tu vas devoir pauser tes petites mains sur mon corps sexy et m'y obliger !

Je levai les yeux au ciel tandis que Liam, exaspéré par son comportement, commençait à s'impatienter.

— Allez, rapplique ou c'est mes mains à moi qui vont t'obliger à bouger ! ronchonna t-il.

Sébastian souffla puis se décida à nous suivre. Je m'attachais beaucoup à lui et j'avoue que j'avais parfois mal au cœur pour lui.

C'est péniblement que le semi-vampire se rendit dans la salle de combat. Sourire aux lèvres. Il se contenta d'attendre. Les deux équipes étaient présente dans la salle, la première, en ligne à gauche, puis la deuxième en ligne à droite. Cédric se trouvait au milieu, tel un soldat.

— Parfait ! Sébastian au milieu. On commence avec Ophélie et Lou. Vous ne lui assénez aucun coup, on bosse juste la télékinésie les filles.

Plusieurs pieux en plastique étaient posés sur le sol. Ophélie et moi en ramassâmes un chacune et nous nous plaçâmes juste en face de notre cible.

— Je rappelle, pas de coups ! nous rappela Cédric.

— Nan sérieusement ? Après des semaines d'hibernation, je donnerais n'importe quoi pour qu'une femme me touche ! gloussa Sébastian en adressant un petit clin d'œil à Ophélie. Cette dernière se mit à rougir en baissa la tête.

— Ferme ta gueule ! brailla Mathieu.

— Mais toi-même ! se défendit Sébastian.

— Trou duc… provoqua mon ami Protecteur.

— C'est celui qui l'dit qui y est… rétorqua l'hybride.

— Sébastian…. Mathieu…dit Cédric qui tentait de calmer le jeu.

Il souffla puis reprit :

— C'est parti ! Seb, ne les ménage pas. Sébastian afficha un grand sourire mesquin. Puis se mit à courir droit sur Ophélie et moi ! Cette dernière lança un pieu en plastique en l'air, le fixa puis l'envoya sur le demi-vampire qui le repoussa en un mouvement franc tout en poursuivant sa course. J'eus le réflexe de répéter le geste de mon amie en balançant mon pieu et l'envoya du regard en plein dans la poitrine de Sébastian qui se figea aussitôt. Ceci ne lui infligeait aucune douleur. Simplement des picotements.

— Pas mal Lou ! complimenta Cédric.

Sébastian retira le pieu en plastique de sa poitrine et le jeta au sol. Il fixa Ophélie, grogna et fonça droit sur elle. Cette dernière se concentra, plaça les deux mains devant elle et parvint, à l'aide de la télékinésie, à repousser Sébastian à plusieurs mètres en arrière. Le demi-vampire se releva. Je tendis ma main en direction d'Ophélie. Elle plaqua sa main contre la mienne afin de nous connecter et ainsi d'unir nos forces. Ensemble nous parvînmes à le projeter de nouveau au sol et à le maintenir allongé pour lui envoyer un pieu dans la poitrine avec une force décuplée.

Cédric nous félicita. Il invita Ophélie à aller rejoindre Yann pour travailler la télékinésie plus en profondeur. Moi, je devais m'y rendre après ma séance de combat.

Après que le vampire ait combattu avec l'équipe deux, puis la première, ce fut mon tour de combattre seul à seul avec Sébastian.

Je m'avançai vers lui avec assurance, lui me contemplai tel un dragueur bien lourd.

— Tu vas pouvoir poser tes mains sur moi… Enfin… ! Si tu savais depuis le temps que j'en rêve ! Je sens une force émaner de toi Lou, c'est… très excitant !

Il m'agaçait, mais pourtant j'avais de l'empathie pour lui. Lors de mes cours sur les démons, j'avais appris que les vampires avaient un gros appétit sexuel. Sébastian était en partie humain, mais le côté vampire avait sûrement des besoins inassouvis.

— Calme ta joie, on va juste se battre. répondis-je

Le demi-monstre partit se placer à l'autre bout de la salle. Il se mit en position d'attaque. Je l'imitai.

— Go ! lança Cédric.

Je me mis à courir en direction de Sebastian, et alors que j'arrivais vers lui, il sauta par-dessus moi. Je me tournai, il m'attrapa les épaules et me pencha en avant.

— Ne jamais tourner le dos à son ennemi Lou ! brailla Cédric.

Je plaçai ma main droite sur la nuque de Sébastian, lui fit une clef qui le plaqua au sol.

— Ah, là, je préfère ! me félicita mon Maître.

— Moi aussi, je préfère quand la femme prend les devants ! me charria Sébastian. Alors que je sortais le pieu en plastique de ma poche arrière, il attrapa mon bras et le serra avec une force inouïe. J'eus le réflexe de placer mon autre main au niveau de son cou. Alors qu'il serrait mon bras et que je lui coinçais le cou avec mon autre main, Sébastian poursuivit le combat en gardant le ton de l'humour.

— Sado en plus ! lâcha t-il.

— Mais tu vas arrêter, oui ! Tu me perturbes ! rétorquai-je exaspérée.

— Allez Lou ! Le pieu ! cria Cédric.

Je mis un coup de tête à Seb, qui lâcha aussitôt mon poignet. J'attrapai le pieu qui traînait au sol, le brandis en l'air, et alors que je m'apprêtais à le lui enfoncer dans la poitrine, il se redressa, me poussa et effectua un saut majestueux. Il était de nouveau derrière moi ce qui lui permit de me retourner et de me plaquer contre le sol.

— Je t'ai eu !

Il retroussa ses lèvres et j'aperçus ses canines et alors qu'il s'apprêtait à simuler la morsure, ce qui aurai signifié que j'avais perdu, je lui mis de nouveau un coup de tête. Je parvins à me dégager et à me relever.

— Allez Lou ! Qu'est-ce que tu me fais aujourd'hui ? se plaignit Cédric.

Je repensai à la serveuse qui avait fait du charme à Benjamin sous mes yeux, la colère s'empara de moi. Je me jetai sur le demi-vampire, lui infligeai des coups sans qu'il ne parvienne à me toucher, puis d'un coup franc, je lui enfonçai le pieu en plastique dans la poitrine.

Cédric siffla. J'avais gagné le combat. Le cours continua pour mes amis combattants. Quant à moi, il était temps que je me rendes à mon cours suivant en compagne d'Orphée et de Muss.

Ils m'attendaient dans la salle de classe, où ils avaient dessiné un cercle sur le sol, et sur ce dernier était disposé de jolies roses. Après m'avoir saluée, mes Maîtres m'invitèrent à m'asseoir au milieu du rond et je m'exécutai.

— Parfait ! dit Mustapha. Alors Lou, nous allons essayer de revoir ce que nous avions étudié la dernière fois. Tu vas inspirer lentement, puis expirer.

J'obéis. Mon Maître se tenait debout contre le bureau et Orphée assise lunettes sur le nez, stylo en main, prête à prendre des notes.

— Très bien. Je vais te demander de penser à quelque chose d'agréable, dit Mus.

Je fermai les yeux et pensai à ma famille, mes amis. Je sentis une sensation agréable m'envahir. J'ouvris les yeux et réalisai que les fleurs étaient encore plus jolies, les couleurs plus vives.

— Très bien maintenant je voudrais que tu essaies de mettre de la négativité dans tes pensées. Attention, pas trop. Il ne faut pas que tes fleurs fanent.

Je me mis à penser à la fille du bar. L'une des roses se souleva brutalement.

— Attention ! m'avertit Orphée.

La colère s'empara de moi. J'avais conscience que je ne faisais pas mon exercice correctement, mais je n'arrivais pas à oublier cette pétasse de serveuse ! La rose se mit à tournoyer de haut de bas, de plus en plus vite, puis partit se planter sur le sous-main juste à côté de la main d'Orphée. Cette dernière ôta ses lunettes et me contempla comme une bête curieuse.

— Oups… Désolée… lâchai-je, consternée.

L'exercice suivant fut plus compliqué car je n'avais encore jamais travaillé avec le feu.

— Lou. S'il te plaît. La flamme, elle est trop grande. Concentre-toi ! grommela ma Chef alors que je devais contrôler une petite flamme dans ma main.

— C'est pas mal Lou, fait la rétrécir encore un peu, m'encouragea Mustapha. Alors que je fixais la grande

flamme qui dansait dans mes mains, je me concentrai, puis la fis devenir toute petite avant de la faire complètement disparaître.

— Parfait ! me félicita Mus.

Le reste du cours passa plutôt vite. Je parvins à réussir à me calmer. Je maîtrisai ce pouvoir de mieux en mieux ! Orphée m'apprit comment, lorsque j'étais en compagnie de Benjamin, je devais faire à l'aide de petits exercices dans ma tête, pour contrôler mon don et cela fonctionna bien. Enfin, du moins quand je l'écoutais attentivement.

Une fois ce cours fini, je me rendis aussitôt en salle de classe afin d'aller y retrouver mon prof préféré où m'attendaient déjà Ophélie et Justin, le petit orphelin qui progressait de jour en jour.

Nous eûmes comme premier exercice le déplacement de grosses bûches bien lourdes. Il s'agissait de les empiler ; C'est en unissant nos forces et en nous connectant tous les trois que nous parvînmes à faire ce qui nous était demandé. Je devenais de plus en forte mais je n'étais pas la seule. Ophélie aussi avait fait du chemin et devenait de plus en plus badasses lors des combats.

Nous nous réunîmes avec tous les combattants. Nous devions Ophélie, Justin et moi contrôler de grosses barres métalliques afin de travailler la finesse et la précision.

Les cours étaient de plus en plus intensifs maintenant que j'avais plus de pouvoirs.

— Allez Lou, concentre-toi ! cria Yann alors que j'essayais, tant bien que mal, de repousser les grosses barres métalliques avec mon seul pouvoir de télékinésie.

Mes amis combattants, eux, avaient tous réussi leurs exercices qui consistaient à soulever les barres et à les empiler sans faire le moindre effort. Quant à moi, mon exercice relevait de la précision, je devais faire voler ses énormes barres dans les airs.

— Allez encore une fois ! concentre-toi davantage !

Mes collègues combattants se placèrent en position de garde-à-vous, mains tendues en avant, afin de rattraper les barres au cas où je n'arriverais pas à les contrôler. Je fermai les yeux, pris une grande inspiration puis les ré-ouvris en fixant une barre. Cette dernière partit violemment en direction de Jérôme qui la rattrapa aussitôt. J'envoyai une deuxième valser dans les airs à une vitesse folle. Ophélie la fixa, la stoppa du regard puis la fit retomber avec douceur au sol. Yann, mécontent du travail que j'accomplissais, me dit d'un ton à la fois sévère et encourageant :

— Lou, calme-toi, concentre-toi ! Tu peux le faire ! Canalise tes émotions, mets tout ce qui est désagréable dans un coin de ta tête et n'y pense plus… Reste zen, imagine ces barres, légères comme des plumes …

Je suivis alors ses conseils et les barres se mirent à voler dans les airs.

— Très bien ! Maintenant, pense à quelque chose d'agréable, faut plus qu'elles bougent comme ça !

Les yeux fermés, je pensai au fou rire avec mon frère dans la voiture, aux bons moments avec mes amis. Je me remémorai mes vacances de cet été en Bretagne avec ma famille, Nina, Cyril, Emma et Evan et je songeai à tous les moments avec Benjamin depuis le début de notre histoire. Je me sentis partir ailleurs, libérée, comme si je planais complètement. La qualité de ce lâcher-prise m'empêcha de réaliser ce qui se passait en moi. Mes Maîtres et mes collègues virent mes pieds décoller doucement du sol, mon corps s'élever de quelques mètres au-dessus du sol. J'avais toujours les yeux fermés. Par contre, quand j'ouvris les yeux et que je me rendis compte de ce que je faisais, je fus à la fois stupéfaite et enthousiaste de cette nouvelle expérience. Mes amis héros me regardaient avec fierté, les Maîtres eux semblaient fiers mais à la fois inquiets de constater que l'élève allait leur donner du fil à retordre. Quant à Orphée, elle eut bien du mal à cacher sa jalousie…

Je venais de développer un don de type mental très rare. À l'Agence, personne ne le possédait ; celui de léviter dans les airs.

Chapitre 3
Le concert

La tête ailleurs, complètement dans les nuages, je ne réalisais toujours pas comment j'avais pu accomplir un tel exploit. Je venais de développer un don très rare qui allait nous être d'une aide très précieuse dans notre lutte contre les forces du Mal. J'essayai pourtant de suivre la conversation pendant la réunion et j'en étais le sujet principal.

— C'est carrément génial ! s'exclama Mathieu.

— C'est un truc de malade… ajouta Jérôme.

— Qu'est-ce qu'on va faire, Stan ? demanda Cédric.

Stan ne répondit pas, il semblait complètement perdu, pour ne pas dire paniqué.

— On va y aller doucement. Personne ici n'est apte à la former par rapport à ce don… expliqua Yann.

Mustapha prit part à la conversation à son tour :

— Il y a bien cette agence dans le sud de la France ? Dans cette petite ville près de Lyon où y a pas mal de vampires… Il me semble qu'il y a deux apprentis qui ont ce don.

— Oui, effectivement, je vais prendre contact avec eux à l'occasion. S'exprima enfin Stan, qui n'avait pas vraiment l'air rassuré. Je me contentais d'écouter, de regarder sans prononcer un mot. J'étais abasourdie, sous le choc.

— Mais c'est trop génial ! Je suis le seul à trouver ça trop cool ? Je sais pas… Elle peut VOLER, quoi ! C'est un truc de malade ! dit joyeusement Mathieu.

Yann secoua la tête puis se tourna vers Mathieu :

— Ce n'est pas que nous sommes mécontents Mathieu, mais c'est qu'elle développe ses dons à une vitesse incroyable, qu'elle devient de plus en plus forte et qu'elle n'a pas encore atteint l'âge de la maturité. C'est à la fois, une bonne chose tout ce potentiel mais ça peut aussi s'avérer dangereux.

Orphée leva les yeux au ciel et s'exprima à son tour :

— Sans parler du fait qu'elle peut basculer du mauvais côté.

Liam se pencha en direction de notre Maitresse puis lui coupa la parole :

— Mais elle…

Je ne le laissai pas finir, je pris enfin la parole :

— Euh… Elle est là, et elle vous entend…

Ce fut alors le calme total dans la pièce. On ne pouvait entendre qu'Océane qui n'était pas du tout en forme et qui toussait comme pas possible.

— Tu devrais rentrer te reposer Océane. Plus vite tu te seras remise de cette saleté de rhume, plus vite tu retrouveras tes compétences de voyante.

Cette dernière, qui se tenait couchée sur la table, fit l'effort de se redresser de sa chaise avant de dire de sa voix enrouée :

— Mais y a le concert… Je ne veux pas le louper, j'ai payé ma place.

Damien regarda sa montre puis se leva soudainement :

— Punaise le concert ! Ça va être l'heure ! On n'a pas vu le temps passer avec tout ça !

Après avoir découvert mon nouveau pouvoir, j'appelai ma mère pour lui faire croire que je mangeais chez Yann avec mes amis et qu'il nous déposerait ensuite à l'Étoile Noire pour le concert.

Damien se leva, passa sa main devant mon visage puis me dit :

— Ouh ouh, on se réveille ?

Après avoir repris mes esprits, je lui répondis :

— Désolée ! Je ne sais pas si c'est normal mais je me sens complètement dans les vapes, contrairement aux autres dons qui ont des effets négatifs, celui-ci m'apaise…

— Et comment !! On dirait que tu viens de fumer un pétard ! lança Yannick, ce qui déclencha un fou rire général et permit de faire redescendre la pression.

Stan se leva, tapa dans les mains avant de dire :

— Bon, vous pouvez y aller.

L'équipe 2 était de patrouille ce soir, il était temps pour Damien, Juliette, Alison, Mathieu, Charlène, Océane, Ethan et moi de nous rendre au concert. Alors que nous nous apprêtions à partir, je reçus un message de Benjamin qui voulait me voir avant que je ne me rende à ma soirée. Après avoir expliqué à mes amis que je voulais passer le voir, nous convînmes qu'Océane, Ethan, Mathieu et Charlène partiraient faire la queue et que Damien, Juliette et Alison et moi nous les rejoindrions là-bas.

Dehors, la nuit tombait, ça allait être un soir de pleine lune. Alors que nous étions en chemin et que nous nous rapprochions de la salle de concert, Alison prit la parole :

— Alors, comment tu te sens Lou ?

— Comment dire… je ne réalise pas, en fait.

— Tout se passera bien, faut ne pas stresser. Tu arriveras à exploiter ce don, me rassura Damien.

Juliette s'apprêtait à répondre quand soudain elle se fit bousculer par un homme qui, à première vue, devait être en début de vingtaine, assez grand, imposant, brun ténébreux, plutôt beau garçon avec un air rebelle. Il portait un jean troué et malgré le froid d'automne, il avait un débardeur noir qui offrait une belle vue sur ses bras musclés. Sur une épaule, il avait un tatouage que je trouvai sublime. Il était accompagné d'un homme qui avait le même look et le même tatouage sur l'épaule.

— Vous ne pouvez pas regarder où vous allez ! dit-il.

Juliette, regarda d'abord vers nous en souriant, se demandant si ce n'était pas une blague puis elle se retourna vers l'homme qui avait l'air austère.

— Nan mais il est sérieux, lui ? Il me fonce dessus et il m'engueule !

L'homme s'avança puis répondit à Juliette :

—Tu pourrais t'adresser directement à moi !

Damien n'eut pas le temps de s'interposer, Juliette fit quelque pas vers l'homme puis lui dit en le regardant droit dans les yeux :

— C'est quoi ton problème pauvre type ?

Alors que l'homme s'approchait d'elle, Damien se plaça devant et grinça d'un ton menaçant :

— Tu la touches, t'es mort !

Le deuxième homme se décida à réagir. Il écarta gentiment Damien et invita son copain à partir avec lui :

— Damon, allez viens, laisse tomber ! lui dit-il.

— Te mêle pas de ça, Flavio ! rétorqua notre agresseur avant de bousculer Damien.

C'est alors que je me décidai à intervenir avant que les choses ne s'aggravent :

— Euh, si on essayait de se calmer, hein, n'y a pas mort d'homme. On s'est juste bousculé alors le mieux, c'est qu'on en reste là.

Celui qui s'appelait Damon eut un rire moqueur. Il me contempla puis me dit méchamment :

— De quoi je me mêle, gamine !

Nous n'eûmes pas le temps de réagir, Benjamin, Nassim et Benoît arrivèrent en courant. Benjamin bouscula Damon violemment, l'agrippa et le plaqua au mur avec la plus grande facilité :

— Un problème avec ma meuf ?

Benoît s'adressa à l'autre homme :

— On vous a dit de dégager, arrêtez de chercher la merde à tout le monde !

Flavio demanda à Ben de lâcher son ami, il s'exécuta après une brève hésitation. Damon, constatant que nous étions trop nombreux pour eux, se contenta de nous dire :

— On se recroisera, les merdeux…

Et ils poursuivirent leur chemin.

Je me réfugiai dans les bras de Benjamin qui était encore énervé.

Je dois vous avouer que j'étais très touchée par la façon dont il était intervenu pour me défendre. Alison, qui depuis le début avait assisté à la scène sans intervenir, demanda :

— Mais c'est qui ces mecs ?

Nassim répondit aussitôt :

— Des marginaux, des rebelles à deux balles. Ils squattent les bois de Mystéria depuis quelques jours, ils viennent d'arriver en ville. J'espère qu'ils ne vont pas s'éterniser ici, c'est de vrais chercheurs d'embrouilles.

— S'ils s'approchent encore une fois de Lou, je leur pète la gueule ! ajouta Benjamin alors qu'il regardait autour de moi.

Il fit soudain une drôle de tête en voyant Damien. L'air de rien, je fis aussitôt les présentations :

— Euh Benjamin, je te présente Damien, Alison et Juliette. Je les ai connus en cours de rattrapage. Il était présent à la petite fête de fin d'année l'année dernière.

Après les avoir brièvement salués, il me demanda discrètement de nous entretenir seuls à seuls. Nous nous mîmes à l'écart pendant que les autres discutaient.

— Tu ne m'avais pas dit qu'il y aurait ce mec avec toi ! balança-t-il.

Je me collai à lui et lui répondis :

— C'est juste un pote.

— Ouais, genre… Un pote avec le même style que toi.

Amusée, je m'approchai de nouveau de lui et lui dis avec un sourire :

— Dis-moi, tu ne serais pas en train de me faire une petite crise de jalousie, là ?

L'air boudeur disparut de son visage. Il me sourit puis me dit :

— Ça se pourrait !

Après l'avoir embrassé, je le rassurai en lui répétant que Damien n'était qu'un ami.

— Il faut que j'y aille. Notre concert va bientôt commencer.

Il me fit une bise sur le front et alors que je repartais, il me dit :

— Ah oui, au fait, mon frère part demain au Maroc pour une semaine. Il m'a laissé les clefs de son appartement. On pourrait se faire une petite soirée en amoureux après-demain ?

Une boule s'installa soudainement dans mon ventre. Bien que le soir qu'il me proposait, c'est à dire le vendredi, j'étais sensée être de repos et que cela pouvait coller avec mon planning, je sentais que si j'allais passer une nuit avec lui, ça n'allait pas être pour jouer aux cartes... Plus on se voyait, plus il devenait pressant avec moi, plus il avait les mains baladeuses et me faisait des suçons dans le cou. C'est pour cela que je portais toujours son écharpe de foot. De plus, il me murmurait souvent à l'oreille qu'il avait envie de moi. Bien que je le voyais amoureux et sincère avec moi, je ne me sentais absolument pas prête. Je passai ma main timidement dans mes cheveux avant de répondre :

— Euh ouais, on verra ! Je te rappelle que moi, je ne peux pas découcher comme ça en claquant des doigts comme le faisait ta pouffe Estelle... Mes parents font hyper gaffe à moi alors...

— T'inquiète, on trouvera un plan !

Il me fit un clin d'œil avant de tourner les talons et partit pour le centre-ville avec ses copains. C'est dingue. J'avais affronté des vampires, des démons et je n'avais jamais pensé que le fait de coucher avec un garçon pourrait me terrifier davantage.

Je retournai vers mes copains. Le spectacle allait commencer, alors on se mit à courir en direction de l'Étoile Noire.

Arrivés sur place, le vigile s'apprêtait à fermer les portes. Il nous dévisagea et après lui avoir montré nos places, il nous laissa entrer. Nous pénétrâmes dans une salle sombre, les lumières qui scintillaient au loin nous permettaient de nous repérer. Je constatai que la salle était blindée, on ne pouvait pas avancer dans la fosse. Je regardai Damien, qui me fit un petit sourire et un clin d'oeil. Les filles hochèrent la tête, nous nous étions compris sans parler. Alors que la musique démarrait et que la foule commençait à s'agiter, c'est à vitesse surhumaine que nous nous précipitâmes devant la scène, sautant par-dessus certains, nous faufilant dessous d'autres, nous hissant dans les airs pour arriver jusqu'à nos copains qui nous attendaient. Notre vitesse étaient si fulgurante et l'ambiance de la salle si survoltée que personne ne vit la supercherie. Nos amis étaient tous là, même Eddy. Tom me fit monter sur son dos et voilà que le chanteur s'approcha assez près de moi. Je le fixai droit dans les yeux ce qui déclencha en moi un frisson de malade !! Il entama les paroles de la première chanson, toujours en me fixant et me sourit. Puis il s'éloigna du public pour retourner vers les autres membres du groupe. L'ambiance était là et le public était en délire ! Tout le monde bougeait la tête dans tous les sens, sautait, criait ! J'étais aux anges, complètement dans mon élément. Jessica et Lorry s'éclataient. Mathieu et Charlène semblaient apprécier en restant plus calmes, le rock n'étant pas leur tasse de thé en général. Eddy filmait avec son portable. Damien était comme un fou. Ethan et Océane,eux,se tenaient juste devantla grille. Océane avait l'air de s'amuser malgré la maladie qui l'épuisait.

A la fin de la première chanson, le chanteur s'adressa à nous :

— Bonsoir Mystériaaaaa !

— OUAAAAAAAAIS ! hurla la foule.

Ils échangèrent quelques mots avec nous et j'aperçus alors Monsieur Lucas, mon prof d'anglais, qui était devant, non loin de nous. Il assistait aussi au concert et leur parlait en anglais.

La deuxième chanson commença et l'ambiance s'emballa encore plus. La foule était euphorique. Toujours sur les épaules de Tom, je passais une soirée de malade et du haut de mon perchoir, j'avais une excellente vue sur la scène et aussi sur tous mes amis.

Alors que le groupe enchaînait les chansons et que les minutes défilaient à une vitesse folle, je me rendis compte qu'Océane était de plus en plus mal. Ethan la tenait dans ses bras pour la protéger des éventuelles bousculades de la fosse.

Plus tard dans la soirée, alors que nous arrivions vers la fin du spectacle, je sentis que la jeune voyante était au bout de ses forces. Soudain, elle eut cette expression sur le visage, comme à chaque fois qu'elle avait une vision. Elle s'effondra par terre, Ethan eut tout juste le temps de la rattraper au niveau de la tête. Tout le monde autour d'elle s'écarta mais le spectacle continua. Ethan lui soutenait toujours la tête quand je descendis pour m'approcher d'eux. Elle ouvrit soudainement les yeux. Elle se mit à hurler et gesticuler dans tous les sens. Mais ce n'est pas son malaise qui interrompit le spectacle. Non, le spectacle fut interrompu car tout le monde put voir deux énormes bêtes féroces pénétrer sur la scène. Les projecteurs s'éteignirent. Tout se passa alors très vite…

Dans la fosse, la plupart des gens n'avaient pas eu le temps de réaliser ce qu'il s'était passé. Les membres du groupe eurent le réflexe de quitter la scène pour aller chercher des secours. Ethan parvint à évacuer Océane afin de la mettre en sécurité. Avec mon pouvoir de télékinésie, je fis tomber l'immense drapeau à l'effigie du groupe sur la foule afin que les personnes qui étaient tout près ne puissent pas nous voir intervenir. Tandis que tous les spectateurs, placés au fond de la salle, se ruaient vers l'extérieur, mes amis héros et moi-même, sautâmes par-dessus les barrières de sécurité. Les lumières principales étant toujours éteintes, nous ne pouvions pas voir exactement à quel genre de créatures nous avions à faire. Je m'adressai aussitôt à Damien qui se trouvait juste à côté de moi ;

— Je vais monter sur la scène pour voir leur tronche. Moi, j'ai plus de pouvoirs donc j'ai un plus gros avantage. Essaie de trouver les interrupteurs et de rétablir la lumière.

Je sautai sur la scène, fis preuve de concentration pour repérer d'où venait le bruit des bêtes et je finis par les localiser. Les grognements venaient du fond de la scène. Alors que je m'approchais doucement, avec la lampe de mon téléphone, je vis au loin la première créature et réalisai immédiatement qu'il s'agissait d'un loup garou. Il me tournait le dos et se tenait debout. Bien qu'il était impressionnant de par sa taille et de par son apparence, il ressemblait davantage à un animal qu'à un monstre. Il était gris, les oreilles droites et son poil était soyeux. Il se tourna soudainement vers moi, l'air furieux. J'eus alors le réflexe de lui flanquer la torche de mon téléphone en pleine gueule afin de mieux le voir, ce qui lui déplut, le fit grogner et reculer. Soudain la lumière principale s'alluma, je compris que Damien était parvenu à trouver l'interrupteur.

Alors que le premier loup garou avait pris la fuite à cause de la lumière, je pus enfin voir le deuxième. Celui-ci était beaucoup plus gros, noir, son poil était sale, ses dents étaient immenses et acérées comme des rasoirs. Il semblait, lui aussi, dérangé par la lumière. Il poussa un grognement, me regarda, avança lentement vers moi quand soudain Mathieu se plaça entre nous pour le prendre en photo avec un de ces appareils que les journalistes utilisent pour photographier les groupes, pendant les concerts. Le puissant flash le fit reculer, il secoua la tête puis s'enfuit à toute vitesse après avoir grogner dans notre direction.

Tout s'était passé très vite et à proximité de la scène, le peu de personnes encore présentes n'avaient pas réalisé ce qu'il s'était passé.

Nous sortîmes immédiatement de la salle afin de les poursuivre à l'extérieur, malheureusement, il était trop tard, ils avaient disparu.

Après avoir parcouru les environs à leur recherche, nous renonçâmes, essoufflés et dépassés par les événements.

— Vous avez bien vu ce que j'ai vu ? J'ai pu les prendre en photo, dit Mathieu.

— C'était des loups garous ou je rêve ? demanda Alison, perplexe.Elle n'eut pas besoin de réponse car, au loin, un hurlement terrifiant retentit. Nous nous rapprochâmes tous les uns des autres, le regard braqué vers la forêt.

Chapitre 4
Réunion d'urgence

La police se rendit sur place quelques minutes après la disparition des loups garous, ainsi que des vétérinaires et les pompiers. Officiellement, la fin du spectacle avait été interrompue par deux animaux sauvages, pas encore identifiés.

Alors que nous étions tous retournés à l'Agence afin d'y tenir une réunion d'urgence, mes amis et moi patientâmes dans la salle pendant que les Maîtres Protecteurs se chargeaient d'appeler nos parents pour le code rouge. Il était tard, mais il y avait urgence. Suite à son malaise en plein concert, Océane avait été hospitalisée à l'hôpital de Mystéria et Ethan était resté dormir là-bas pour être auprès d'elle. Le diagnostic était tombé, elle avait une grosse grippe. Son état expliquait pourquoi elle n'avait eu la vision de ces loups garous que quelques secondes avant qu'ils ne déboulent et interrompent le spectacle. Notre seule et unique voyante étant malade et donc ne pouvant pas aider à l'Agence, nous allions devoir revoir toute notre organisation. Il nous faudrait redoubler de vigilance pour protéger la ville et ses alentours, non seulement des loups garous, mais en plus des vampires. C'était le but de notre réunion.

Yann qui venait de raccrocher, s'installa à côté de moi puis m'expliqua que mon code rouge était activé. Il avait expliqué à nos parents que nous allions tous bien mais que suite à l'interruption du concert par les animaux sauvages, il nous emmenait nous remettre de nos émotions autour d'un bon café en ville. Du coup, il nous ramènerait un peu plus tard que prévu.

Stan s'installa, prit une grande inspiration puis commença :

— Mes chers Protecteurs, Maîtres et élèves, comme vous l'avez compris Océane est malade. Elle a la grippe. C'est pourquoi son pouvoir n'a pas fonctionné… Évidemment, c'est temporaire. Elle doit se reposer au maximum car plus vite elle guérira, plus vite ses pouvoirs de voyance reviendront.

— En attendant, on est sacrément dans la merde ! laissa échapper Liam.

Stan le contempla l'air sérieux, le jeune homme baissa la tête, puis Stan reprit :

— Il va donc falloir mettre en place le plan d'organisation 2.

Il faisait allusion a un plan qui était prévu dans le cas où justement Océane ne pourrait plus intervenir. Les deux équipes, les Maîtres y compris, se relaieraient pour patrouiller afin de protéger la ville des vampires ou autres monstres potentiels et ceci dès la tombée de la nuit. En préservant, tout de même, des soirs de pause afin que chacun puisse se reposer et reprendre des forces.

Mathieu posa sur la table la photo qui avait été prise dans la salle de concert et demanda :

— O.K, on va gérer sans Océ du mieux qu'on peut. On est nombreux mais qu'est-ce qu'on fait de ça ?

Jérôme ajouta aussitôt :

— On a deux putains de loups garous sur les bras et on a la fête des majorettes qui a lieu dans deux jours…

— Quoi ? Non mais attendez, c'est pas censé être samedi prochain ? Celui qui tombe la dernière avant les vacs ? demanda Damien, qui n'étant pas scolarisé, avait l'air de ne pas saisir.

Je répondis aussitôt afin de l'éclairer :

— Ça dépend, parfois la fête a lieu l'avant dernière semaine avant les vacs et d'autre fois la dernière. Mais en tout cas, c'est bien samedi ! Ma famille débarque pour l'occasion !

Ophélie remonta ses lunettes qui tombaient au bout de son nez puis dit ironiquement :

— O.K, panique à bord !

Marie-Laure prit la parole à son tour :

— Pas de voyante pour nous aider, deux loups garous sur les bras, des vampires et des démons à gérer, ça va être le bordel !

— Oh ça va, c'est que deux gros toutous. Il suffit de patrouiller dans les bois toute la nuit, on les zigouille et basta ! dit calmement Mathieu.

— Euh, ça n'est pas si simple que ça ! Sais-tu ce que c'est qu'un loup garou Mathieu ? intervint Angélique.

Mathieu se gratta le menton, contempla la jolie sorcière avant de lui répondre :

— Et bien oui, un monstre, comme les autres !

Soudain, une voix que nous n'avions pas l'habitude d'entendre

tous les jours à l'Agence, intervint :

— Et bien, à vrai dire, oui et non ! Je veux dire que c'est légèrement plus compliqué que ça.

Sabrina, notre experte en loups garous avait été appelée afin de participer à la réunion et nous apporter son éclairage d'experte. Elle posa un énorme livre sur la table sur lequel on pouvait lire de loin « LOUPS GAROUS ».

Elle accrocha une grande affiche sur le tableau comme si elle s'apprêtait à nous faire un exposé.

Stan qui s'était interrompu et était resté silencieux, reprit enfin la parole en s'adressant directement à Sabrina.

— Et bien je vais te laisser faire ta présentation !

Sabrina lui adressa un grand sourire, elle acquiesça puis commença.

— Effectivement il s'agit bien de loups garous. Cela doit faire deux décennies que nous n'en avions pas vus en France.

— Est-ce que la légende est vraie ? Si on se fait mordre, est-ce qu'on se transforme comme eux ? On peut vraiment les tuer avec une balle en argent ? demanda Mathieu.

Sabrina répondit aussitôt :

— Je vais y venir mais d'abord, commençons par le début, l'histoire qui est à l'origine des loups garous. Pour cela, il nous faut plonger en 1666, lorsque les loups couraient encore dans nos forêts. Dans les bois de Mystéria, vivait une femme prénommée Avana. Elle était assez particulière. Elle avait décidé de vivre dans la nature car elle s'y sentait vraiment chez elle, parmi les animaux qu'elle aimait et protégeait. Elle refusait de se nourrir de leur chair et de se vêtir de leur peau…

— Une sorte de hippie Végan des temps anciens, c'est ça ? demanda Mathieu.

— Euh… Oui, on peut dire ça comme ça, Mathieu mais évite de m'interrompre s'il te plaît. Je disais donc, qu'Avana avait beaucoup de respect pour les animaux, qu'elle les aimait et les protégeait, en particulier les loups avec qui elle avait un lien très fusionnel. Certains disaient qu'elle parlait avec eux. Elle pratiquait aussi la magie blanche et avait des dons de guérisseuse. Les gens malades, dans l'attente d'un miracle, allaient la voir dans sa petite demeure au fond de la forêt pour se faire soigner. On disait aussi qu'elle parlait aux esprits de la nature, de l'eau, du feu, de la terre et de l'air.

— Waouh, elle avait donc le pouvoir de contrôler les éléments elle aussi ? demandai-je captivée par l'histoire.

— Je suis sûre qu'elle avait aussi du sang de sorcière… comme mes sœurs et moi… dit Audrey.

— Et bien, oui, vous avez tout compris les filles. On ne sait pas grand-chose sur ses origines, vous savez à cette époque, on ne se vantait pas d'être sorcier sinon on finissait pendu ou brûlé. Mais nous savons que sa maman était elle-même une sorcière et que son père avait le don de contrôler les éléments. Pour en venir au lien avec les loups, il y eut une terrible période pendant laquelle des créatures féroces massacrèrent non seulement le bétail des paysans mais aussi tuèrent des enfants… Vous vous doutez que ces créatures étaient des vampires, fraîchement transformés. Ils ne voulaient pas attirer l'attention des humains et s'en prenaient aussi bien aux animaux qu'aux enfants. Bien sûr, les loups furent désignés comme responsables des tueries.

En ville, vivait un riche chasseur qui avait deux fils, deux jumeaux âgés de 20 ans, Henri et Charles et il les initiait à la chasse. Le fils Henri était un jeune homme égoïste et orgueilleux, cupide et jaloux qui avait soif de pouvoir et qui rêvait de dominer les autres. Il avait la même passion pour la chasse que son père mais contrairement à ce dernier, celui-ci éprouvait du plaisir à faire du mal aux animaux. En revanche, son frère était calme et bon. Il aimait aider ses proches et pratiquait la chasse à contre cœur. Un soir de pleine lune, le chasseur envoya ses deux fils chasser les loups. Pendant 5 nuits, les deux garçons traquèrent et massacrèrent un bon nombre de loups... Ce qui provoqua la colère d'Avana... Triste et furieuse, elle contrôla les éléments de manière à ce qu'ils se déchaînent contre les fils du chasseur. Ces deux derniers furent mordus par un loup et Avana lança, en plus, un sortilège sur les deux garçons.

Henri qui était mauvais fut condamné à se transformer, dans la douleur, en créature mi-homme, mi-loup à chaque pleine lune et durant les cinq nuits suivantes. Elle le condamna encore à transmettre le maléfice par morsure ou griffure aux personnes mauvaises comme lui. Seule la rédemption pouvait briser ce maléfice !

Quant à Charles, dont elle pouvait sentir la bonté, son sortilège fut quelque peu différent. Il était destiné à muter, lui aussi, en une créature mi-homme, mi-loup mais sa mission serait de protéger les humains des vampires. Les hommes, ainsi mordus, pourraient contrôler la bête en eux et s'en faire un allié. Ce loup garou bénéfique serait capable de transmettre son sort par morsure ou griffure lui aussi.

L'un avait été frappé par une malédiction, l'autre par une sorte de punition afin de se racheter. Henri n'a pas su guérir de sa haine et a souffert de sa malédiction toute sa vie avant d'être tué par un homme avec un poignard en argent. Quant à son frère, bien qu'au début, il prit le sort pour une damnation, il apprit avec le temps à prendre le contrôle sur le loup qui l'habitait. Grâce à la méditation, il parvint à muter à sa guise et il protégea les humains des vampires. Voilà l'origine des loups garous. De nos jour, si une personne se fait mordre par un Loup-garou, sont sort sera différent en fonction de qui il est.

— Alors, si je comprends bien, les loups garous et les vampires sont ennemis ? Et si on est une bonne personne et qu'on se fait mordre, on peut être un bon loup garou et faire le bien, demanda Damien.

— Et bien oui en effet, le loup garou et le vampire sont ennemis et une morsure du loup peut entraîner la mort du vampire dans les heures qui suivent. Eh oui, le sort est tel que si un être mauvais se fait mordre, il subit le même sort qu'Henri. S'il est bon, il devient comme Charles.

Je pris la parole à mon tour :

— Dans la salle, j'ai constaté que l'un des loups garous était moins effrayant que l'autre. Physiquement, il était comme l'autre mais en plus beau et moins agressif… Genre, presque un loup normal mais qui se tiendrait debout sur ses deux pattes. Je le trouvais limite mignon ! On doit en conclure qu'il va falloir s'organiser avec un bon et un mauvais ?

Sabrina se tut un moment avant de reprendre :

— Et bien, en observant la photo de Mathieu, je vois que celui qui apparaît sur le cliché est un mauvais loup garou et d'après la façon dont tu me décris le deuxième, il semble en effet que nous avons deux loups avec deux personnalités bien distinctes.

— En tout cas, ni l'un, ni l'autre n'aiment la lumière ! Une bonne chose, au moins ! dis-je sur un ton joyeux afin de détendre l'atmosphère.

— Oui, leurs yeux sont très sensibles aux rayonnements et en général, ils se terrent dans l'obscurité. L'Étoile Noire se trouve juste à côté du bois. C'est sans doute pour ça qu'ils se sont aventurés jusqu'ici.

Je repensai soudainement au rêve que j'avais fait le matin même. Avec cette drôle de dame entourée de ses loups. Le don de prémonition commençait-il à se manifester ? Ou était-ce juste une coïncidence ? Je n'avais pas eu de saignement de nez… C'était déjà la panique à l'Agence, je préférais garder le silence au sujet de ce rêve.

— O.K, donc il faut qu'on retrouve l'identité des deux loups garous et après ? demanda Yannick.

— Ce n'est pas compliqué, il faut déjà les démasquer, découvrir qui ils sont. Peut-être ont-ils été mordus récemment et sont complètement perdus… Une fois que nous connaîtrons les humains qui se cachent derrière, notre intérêt sera de les prendre en charge, d'investiguer sur leur histoire et de leur donner des conseils comme s'enfermer pendant les périodes de pleine lune pour éviter qu'ils ne blessent des innocents. Nous pourrons les aider à faire un travail sur eux pour développer le bon loup qui est en eux. Et le jackpot ; leur proposer de nous rejoindre à l'Agence pour lutter contre les vampires, répondit Sabrina.

— Nous aider ? C'est-à-dire ? Nous filer un coup de main à chaque période de pleine lune ? Est-ce que les loups, dits mauvais, ont réellement une chance de rédemption comme le dit le sort d'Avana ? Genre, devenir bons ? Nan, parce que pour celui que j'ai pris en photo, c'est plutôt mal barré… s'exprima Mathieu.

— Alors, oui, comme tout le monde, un humain nocif, habité par un loup garou, peut changer…, devenir bon et faire le bien. Même si c'est très compliqué, ça n'est pas impossible. Ensuite, en ce qui concerne la mutation, en effet les loups garous mutent naturellement lors des pleines lunes car c'est ainsi que tout a commencé. Mais en travaillant sur soi, avec beaucoup de méditation, on peut gérer son loup et l'amener à muter à sa guise, même en pleine journée. C'est ce que faisait Charles qui était bon. Cela demande tout de même un gros travail sur soi. De plus, les loups garous ayant un sens de l'odorat très développé, ils peuvent sentir l'odeur des vampires de très loin ce qui représente un gros atout, répondit Sabrina.

— Euh, MOUAIS et s'ils ne veulent pas coopérer, comment on les bute ? demanda Mathieu, alors que tout le monde avait l'air de penser positif.

Aurélie, la sorcière tourna la tête vers Mathieu, puis lui dit l'air exaspéré :

— Tu es désespérant…

Il y eut un moment de silence. Sabrina se tourna vers son affiche puis reprit :

— On en vient donc à ce point. Comment on tue un loup garou ! Si nous n'avons vraiment pas le choix et qu'il n'y a plus rien à faire pour l'humain qui l'habite…

Mathieu se redressa sur sa chaise avec un grand sourire, prit un stylo et ouvrit son cahier afin de prendre des notes, sous le regard désabusé d'Aurélie qui avait l'air de penser qu'il était vraiment sadique et sans pitié.

— … On peut tuer un loup garou de n'importe quelle façon, cela dit, la méthode la plus efficace de nous en débarrasser pour toujours est d'utiliser un poignard en argent et de brûler le loup ensuite. Je précise que si nous tuons l'humain, la bête ne meurt pas, il faut donc le tuer lorsqu'il est métamorphosé.

Malheureusement la personne qui l'habite meurt avec lui…

— Donc, on doit retrouver l'identité des deux loups et en supposant qu'ils acceptent de coopérer, comment doit-on leur venir en aide et qui s'en chargera ? demandai-je.

— J'ai contacté ma meilleure amie, Mya qui vit en Amérique latine et elle devrait nous rejoindre dimanche.

Sabrina fut coupée par Charlène, qui restait perplexe :

— Mais en quoi votre meilleure amie va-t-elle nous aider ?

Sabrina la regarda avec un grand sourire, puis répondit :

— Elle est elle-même un loup garou. C'est quelqu'un de sage qui a appris à maîtriser son loup et à l'utiliser afin de faire le bien Elle sera la mieux placée pour les former à devenir meilleurs et leur permettre de se maîtriser.

— C'est tout ce qu'il faut savoir sur eux ? demanda Alison.

— Lors des patrouilles soyez vigilants ! Ils sont très rapides et agiles ! Et malgré leur taille, ils sont très doués pour se dissimuler et se rendre imperceptibles, ajouta Sabrina.

Stan ajouta :

— En attendant, l'enquête est ouverte ! Je compte sur vous pour me retrouver les humains qui se cachent derrière ces loups. Ça peut être n'importe qui. Vous avez tous carte blanche pour mener l'enquête ! Je vous rappelle que la fête des majorettes aura bientôt lieu. Nous avons le devoir de les retrouver avant !

La voix de Juliette retentit :

— EUH... petite question ! Il faut aussi patrouiller la journée pour les trouver ? Nan, parce que tout à l'heure, tu nous expliquais que, grâce à la méditation, ils pouvaient muter et supporter la lumière ...

— Effectivement, il faut redoubler de vigilance, il serait plus prudent que les Maîtres patrouillent également la journée. Mais leurs yeux étant sensibles à la lumière, ça n'est pas dans leur intérêt de se montrer le jour et puis, ça n'est pas donné à n'importe quel loup garou de faire cela, seuls les bons loups garous le peuvent et encore, avec de longues heures de pratique. Les mauvais ne mutent que dans l'obscurité et n'ont pour place que les ténèbres. Vous avez vu au concert que ceux-ci n'ont pas supporté la lumière.

Alison se frotta les mains, puis dit joyeusement :

— La chasse est ouverte !

Surexcitée, je lui tapai dans les mains. J'avais du mal à réaliser ce que j'étais en train de vivre… Je m'apprêtai à enquêter sur ma première affaire de loups-garous.

Chapitre 5
L'enquête est ouverte

Avec mes amis protecteurs, nous avions établi un plan afin d'enquêter et de retrouver le plus rapidement possible les loups garous. Océane était toujours à l'hôpital.

Les patrouilles des deux nuits qui suivirent n'avaient malheureusement rien donné. Les bois de Mystéria étant très grands, cela n'était pas étonnant. Nous avions cependant remarqué, pendant ces sorties, qu'il y avait beaucoup de carcasses d'animaux morts, comme des cerfs ou des lièvres coupés en deux, contrairement à d'habitude, ce qui nous laissait penser que ces loups se nourrissaient d'animaux dans les bois. Le fait qu'ils craignaient la lumière nous permettait de comprendre qu'ils chassaient plutôt la nuit. Au lycée, nous avions commencé à mener notre petite enquête en dressant une liste de tous les nouveaux élèves. Nous avions prévu d'aller discuter avec eux, les uns après les autres afin d'observer leur comportement. Nous cherchions à repérer sur eux d'éventuelles traces de morsures ou de griffures, toute information étant bonne à prendre. Les Protecteurs qui allaient au lycée public menaient leur enquête de leur côté. Quant aux Protecteurs qui vivaient à l'Agence, ils patrouillaient soit de jour, soit de nuit.

En plein cours d'anglais, alors que j'essayai de me concentrer, mon attention se porta sur Mathilde… Elle était tellement étrange, il n'y avait pas longtemps qu'elle était arrivée en ville, l'air toujours dans la lune, et son frère qui venait la chercher au lycée n'avait vraiment pas l'air commode. Et si c'était elle le gentil loup garou et son frère le méchant ?

Je la regardai d'un air songeur pendant qu'elle écrivait sur son cahier quand soudain, la main de mon professeur tapa violemment sur mon bureau. Prise de panique, je laissai échapper un cri avant de lever la tête et de constater que mon prof me souriait, très fier de sa plaisanterie. Après avoir compris qu'il n'était pas fâché, je lui adressai un petit sourire en retour. Il me dit aussitôt :

— On est dans la lune Mademoiselle Gallagher ?

Alors que je m'apprêtai à répondre, mes yeux se braquèrent soudain sur sa grosse main toujours posée sur mon bureau. Elle portait un gros bandage. Je pensai alors qu'il était possible qu'il se soit fait mordre avant d'arriver en ville et que ça pouvait être lui le loup garou.

Il se pencha vers moi puis me dit à nouveau :

— On est dans la lune mademoiselle Gallagher ?

« On est dans la lune » c'était probablement un signe…J'essayai tant bien que mal de me concentrer et je répondis calmement :

— Non, Monsieur, je vous écoutais…

Tous les regards étaient braqués sur moi. Je me sentais vraiment mal. Mon prof se redressa, fit quelque pas vers le tableau puis s'adressa de nouveau à moi :

— Très bien mademoiselle, vous étiez attentive et je m'en réjouis. Et bien vous allez me le prouver. Finissez de traduire le texte, s'il vous plaît.

Je regardai tout autour de moi, l'air bête. N'ayant quasiment pas suivi, je ne savais pas du tout de quoi il parlait.

Lorry me chuchota discrètement :

— la fiche 3, texte 1.

Je regardai alors tout de suite devant moi et me mis à chercher la fameuse fiche ce qui fit rire mon prof ainsi qu'une partie de mes camarades de classe.

Une fois la fiche dénichée, j'essayai de me concentrer sur ce texte en anglais pour le traduire :

— Euh… Dans la profondeur de la forêt, résonnait un appel…

— Très bien continuez.

— Et à chaque fois qu'il l'entendait, mystérieusement, excitant et attirant… Euh… il se sentait obligé de tourner le dos au feu … à la terre battue qui l'entourait et de plonger au cœur de cette forêt … il ne savait ni pourquoi, euh … il ne se posait pas de questions mais l'appel résonnait impérieusement dans la profondeur des bois…

Après un petit temps de réaction, je me rendis compte que le texte parlait de forêt, d'appel, essayait-il de nous faire passer un message ? Cela pouvait paraître stupide mais le gros bandage sur

la main et ce texte… Je levai les yeux vers lui, il me regarda avec un air malicieux.

— Très bien !

La sonnerie retentit ce qui me fit sursauter.

La classe se vida, je ramassai mes affaires et me dirigeai vers la sortie. Lorry, Jessica, Tom et moi étant réunis, je les attirai dans un endroit calme puis leur dis :

— Je crois que j'ai deux pistes !

Jessica me regarda l'air étonné et je compris dans son regard qu'elle attendait que je m'explique. Je repris :

— Mathilde !

Tom gloussa avant de me dire :

— Alors là, t'es vache ! Elle est hyper zarbi, O.K, mais de là à dire que c'est notre loup garou…

Il éclata de rire à nouveau. Je pris un air sérieux avant de reprendre :

— Je suis sérieuse Tom ! Et arrête de rigoler, c'est une enquête, nous partons de suppositions et il faut toutes les étudier sérieusement !

Jessica aussi se retenait pour ne pas rire. Lorry, elle, me demanda :

— Qu'est ce qui te fait penser que c'est elle ?

— Y'a pas longtemps qu'elle est en ville, elle est hyper zarbi comme si elle cachait quelque chose, sans parler du genre de son frère qui vient la chercher !

— Le grand malade avec la veille Mercedes ? Celui qui roule comme un taré ?

— Mais oui ! Je me dis qu'il est possible que ça soit elle le gentil loup et son frère le mauvais ! Sans parler des longs poils qu'il à sur les bras ! Vous n'avez fait attention à ça ?

Tom et Jessica éclatèrent de rire et moi aussi mais nerveusement, juste par imitation. Je repris mon sérieux et continuai :

— Bon sang mais arrêtez de vous marrer ! Ça peut coller !

Lorry qui était sérieuse depuis le début ajouta :

— Mais grave… Faut qu'on mène l'enquête sur elle…

Tom qui avait repris son sérieux, prit de nouveau la parole :

— Euh sinon, vous n'avez pas remarqué le bandage sur la main du prof ? Vous aviez vu, avant ?

— J'y ai pensé aussi ! dit Lorry.

— Idem, ajoutai-je avant de reprendre. Il l'avait peut-être déjà mais avant cette histoire de loups garou, ça nous avait pas marqué plus que ça… Et le texte sur l'appel de la forêt… C'était bien au programme ?

— Figure-toi que ça m'a perturbé aussi… Il a peut-être été mordu avant d'arriver en ville. Il sait peut-être qui sont les Protecteurs et il veut nous faire passer un message…

— O.K, on mène l'enquête aussi sur Monsieur Lucas, balança Tom.

Soudain la voix de Mathieu se fit entendre :

— On a une piste ! Garry Pelletier !

— Le grand brun qui ne parle à personne et qui se ballade avec sa musique sur les oreilles et qui chante dans les couloirs ! ajouta joyeusement Charlène.

— Euh ouais, j'avais remarqué ce mec. Qu'est-ce-qui vous fait penser que c'est lui ?

— Il est en ville depuis peu, il est solitaire et il était au concert avec nous juste devant nous, il s'est éclipsé un moment juste avant l'attaque et après on l'a pas revu ! C'est peut-être un des loups !

— O.K ! Essayez d'aller le faire parler à la pause de midi !

— Ça marche ! Et vous ? Vous menez votre enquête ?

Après avoir parlé de nos doutes envers Mathilde, de son frère et de notre prof, nous nous mîmes d'accord pour que Mathieu et Charlène aillent parler avec Garry à la pause de midi, que Tom et Jessica enquêtent sur Monsieur Lucas et qu'enfin Lorry et moi trouvions des infos sur Mathilde et son frère.

Nous avions deux heures de permanence avant l'heure du repas, nous en profitâmes pour aller au café rejoindre Juliette et Alison qui avaient aussi un temps libre dans leur après-midi de cours. Installés tranquillement à table, nous discutâmes des indices que nous avions respectivement récoltés, chacun de notre côté.

Au lycée public, les filles avaient un gros doute sur deux filles qui faisaient les majorettes avec Océane. L'une était une vraie peste qui menaçait toujours Océane et l'autre la suivait bêtement mais avait l'air plus douce. Plus tôt dans la journée, l'agressive avait menacé Alison de la réduire en pièces pour l'avoir regardé de travers. Elles étaient persuadées que ces deux filles pouvaient être les deux loups garous. Notre commande n'étant toujours pas arrivée, je me levai et me dirigeai vers le comptoir. Là, je bousculai sans le vouloir une jeune fille. Celle-ci se retourna et je pus voir son joli visage. Elle avait de magnifiques yeux bleus, de beaux et longs cheveux blonds. Elle était grande et mince et surtout son visage et son look me rappelaient la chanteuse Avril Lavigne. Elle me sourit, avant de me dire :

— Excuse-moi !

Une sensation très agréable m'envahit. C'était tellement rare de croiser des gens aussi sympas. Je la bousculais et c'est elle qui s'excusait. Je lui souris à mon tour puis répondis :

— C'est moi qui t'ai bousculée, t'excuses pas... Vraiment désolée !

— Ce n'est pas grave, t'inquiète. J'adore tes vêtements !

— Les tiens sont stylés aussi !

Elle avait l'air assez jeune et je ne l'avais encore jamais croisée au lycée. Je lui demandai alors :

— T'es au lycée public ? Je suis à St Gabriel et je t'ai jamais vue.

Elle passa sa main dans sa longue chevelure blonde, prit une gorgée de café avant de me répondre :

— Nan, j'ai 18 ans. J'ai arrêté l'école. Je bosse au fast-food, en face, pour me faire de l'argent. Je voudrais me payer une formation.

— Oh cool, dans quoi ?

— J'adorerais me lancer dans la pâtisserie !

— Ah, tu m'as donné faim, bravo… Euh… Comment tu t'appelles ?

— Oh, je m'appelle Fortuna !

— Moi, c'est Lou !

— Et lui, c'est Jean-François, mon petit frère.

Elle désigna un jeune garçon d'une quinzaine d'années qui se trouvait juste à côté d'elle et qui lui ressemblait comme deux gouttes d'eau. Ce dernier me salua avant de m'adresser un petit sourire timide. Fortuna poursuivit :

— Il travail avec moi, en face et il prend des aussi des cours par correspondance. On aimerait faire le même travail plus tard et monter tous les deux notre magasin.

— Vous avez l'air très proches, c'est bien !

— Oui, on s'entend vraiment bien.

— Vous habitez où ?

— On loue un appart près du bois, Jean-François et moi.

Alors qu'elle venait de terminer son verre, elle appela le serveur puis me demanda gentiment :

— Tu veux boire quelque chose ? Je t'invite !

— Oh, c'est gentil mais non…

— Allez, ça me fait plaisir Lou !

— Bon un frappé aux noisettes alors !

Nous fûmes servies en peu de temps et elle reprit la conservation :

— Et toi ? Parle moi de toi ? T'es en terminale alors ?

— Ouais, mais je t'avoue que parfois j'ai envie de tout lâcher et de faire comme toi, entrer dans le monde du travail.

— Ça serait dommage, tu es si proche du BAC…

— J'espère que je vais l'avoir, les études, ce n'est vraiment pas mon truc !

— Moi non plus et j'ai pas été aussi loin que toi, je te félicite !

Je me rendis compte soudain que j'avais oublié mes amis. Je me tournai vers la table où nous étions installés et constatai qu'ils avaient été servis et discutaient tranquillement. Jean-François se leva, murmura quelque chose à l'oreille de sa sœur, celle-ci sourit puis me demanda :

— Ça te dit de faire une partie de baby-foot avec nous ?

— Euh ? ça serait avec plaisir mais je suis avec mes amis et on a pas mal de boulot… Une prochaine fois…

— Allez juste une petite partie, avant qu'on ne retourne bosser !

Après une courte hésitation, j'acceptai et les suivis dans l'espace de jeux. La jeune fille avança tout en bousculant son frère et en riant avec lui, comme je le faisais avec le mien. Elle mit une pièce dans le baby puis lança :

— Seul contre deux nanas ! Tu vas t'en sortir ?

Il rigola puis répondit timidement :

— Je devrais pouvoir gérer !

La partie débuta. Jean-François était vraiment doué, ma nouvelle amie et moi avions vraiment du mal à marquer des points. Il nous colla deux buts, la partie à peine commencée. On s'amusait bien, une bonne complicité commençait à s'installer entre Fortuna et moi. Nous riions comme des folles. Alors que nous essayions par tous les moyens de marquer au moins un but, Jean-François nous lança l'air détendu :

— Vous me faites de la peine ! J'ai presque envie de vous laisser gagner…

— Mais ouais ! C'est ça ! Attends de voir ! cria Fortuna avant d'envoyer involontairement la balle rouler sous les pieds d'un charmant jeune homme. Mal à l'aise, nous nous retournâmes discrètement, avant d'éclater de rire. Le beau jeune homme rapporta la balle à Fortuna en lui faisant une petite remarque rigolote « Elle est sauvage la petite dame ! Ça me plaît !». Ce qui nous donna davantage envie de rire mais nous attendîmes qu'il s'éloigne pour nous esclaffer.

Au bout d'un bon quart d'heure, nous réussîmes à marquer un but, un seul et unique but. Le temps venu pour mes nouveaux copains de repartir travailler.

— C'était sympa, j'espère te revoir bientôt Lou !

Elle sortit son téléphone puis me proposa d'échanger nos numéros. J'acceptai joyeusement puis elle partit, suivie de son frère. Je retournai à ma table. Jessica me dit d'un ton sérieux :

— Regardez qui s'amuse au baby-foot alors qu'on a
une enquête à mener !

Elle me sourit afin de me faire comprendre qu'elle
plaisantait. Tom prit la parole :

— Bon, alors voilà le plan ! Il faut qu'on arrive à
suivre les personnes qu'on soupçonne, attendre que la
lune se montre et les surveiller pour voir s'ils se
transforment ! J'ai eu Mathieu et Charlène au tel, ils
s'occupent de Garry. Jesse et Lorry se rendront chez
Lucas. Moi, je m'occupe de Mathilde et toi, de son
frère. Il sera à la Hot Star ce soir et comme à la base, tu
devais y aller avec Ben, ça tombe bien. C'est toi qui t'y
colle !

— Parfait, je vois que vous avez tout organisé !

— Et oui, nous on bosse contrairement à certaines
qui préfèrent s'éclater ! me dit Jessica avec un petit
sourire provocateur.

Elle avait beaucoup mûri mais était toujours un peu
jalouse quand je me faisais de nouveaux amis. Je lui
souris à mon tour puis répondis :

— C'était Fortuna et Jean-François, ils sont vraiment
sympas, on a bien rigolé. Et ça fait du bien de se
détendre de temps en temps.

Tom qui était en train de boire, avala de travers et se
mit à tousser. Il reprit son souffle et dit :

— Ah nan mais c'est bon, la meute est complète !

Jessica éclata de rire et continua :

— Nan mais c'est plus une meute, c'est un troupeau
au point où on en est !

Lorry, Alison et Juliette s'esclaffèrent à leur tour
quand soudain le grand frère de Mathilde, Joffrey, fit
son entrée dans le café. Je me dressai aussitôt sur ma
chaise et restai figée.

— Lou ? Un problème ? me demanda Tom.

— Il est là… lui dis-je à voix basse, alors que Joffrey se dirigeait vers le bar. Je sortis un petit bloc note ainsi qu'un crayon. Juliette qui me regardait, intriguée me demanda :

— Mais qu'est-ce que tu fabriques ?

— J'ai un peu de temps devant moi, je vais l'observer et le suivre…

— Tu es sérieuse ? gloussa Tom.

En guise de réponse, je lui jetai un regard sévère. Alors que Joffrey repartait du café avec un copain, je me levai, saluai mes amis puis entrepris de le filer. Telle une petite espionne, avec ma capuche sur la tête, je commençai mon enquête. Son copain et lui marchaient devant tandis que je tachais de les suivre discrètement. Ils parlaient fort et sifflaient toutes les jolies filles qu'ils croisaient. Alors que les garçons marquaient une pause pour entrer dans une boulangerie, je m'arrêtai net et fis semblant de contempler la vitrine de la librairie. Le pote de Joffrey sembla avoir remarqué que je m'étais arrêtée soudainement. Il me regarda curieusement. Je m'approchai de la vitrine de la boulangerie afin de surveiller le comportement de Joffrey. Son copain tourna la tête du côté de porte d'entrée et me repéra. Je fus donc obligée d'entrer dans la boutique. Ils passèrent à la caisse puis s'en allèrent sans me calculer.

— Mademoiselle, bonjour, qu'est-ce-que je vous sers ? me demanda la boulangère.

Réalisant que j'allais perdre ma cible, je me précipitai pour sortir sans prendre la peine de répondre. Une fois dans la rue, je me mis à courir afin de rattraper le frère de Mathilde qui longeait déjà le trottoir. Toujours accompagné de son copain, il traversa le centre-ville et se dirigea vers le gymnase. J'entrai discrètement derrière eux. Alors qu'ils arrivaient près des vestiaires pour hommes, son ami se tourna de nouveau puis me grilla. L'air de rien, je me présentai à l'accueil afin de demander des renseignements. Je patientai quelques minutes jusqu'à ce que mon potentiel loup garou ne sorte du vestiaire en tenue de sport, avec un ballon de basket à la main. J'attendis qu'ils entrent dans la salle et les suivis. Je pris place dans les gradins où quelques personnes étaient déjà assises.

— Hey Joffrey, ça va mon pote ! Dis-donc mec, tu m'as fait un faux plan hier ! Tu devais passer la nuit chez moi poto ! lui cria un ami.

Joffrey fut mal à l'aise puis s'expliqua :

— Ouais… Désolé vieux, j'ai eu un empêchement !

Ah ! Intéressant ! J'étais sur une piste ! Il devait dormir chez un ami mais n'y était pas allé… Peut-être que j'avais raison et que c'était bien lui le loup garou. L'entraînement débuta et toujours en mode détective, j'observai Joffrey que je trouvai particulièrement agressif dans le jeu, tout comme son ami. Il y avait donc peu de chance qu'il soit le bon loup… Après la première manche, ils firent une pause et Joffrey sortit du gymnase. Alors que je commençai à le suivre, j'entendis, dans mon dos, son ami s'adresser à moi :

— Dis-donc, c'est quoi ton problème ?

Je me tournai puis levai la tête. Il était vraiment grand et costaud. J'avalai ma salive puis répondis l'air de rien :

— Moi ? Comment ça ?

Il leva les yeux au ciel puis répondit :

— T'arrête pas de nous suivre depuis tout à l'heure !

Je ne savais absolument pas quoi lui dire ! Il fallait que je me sorte de cette situation ! Je passai alors ma main dans les cheveux, lui fit les yeux doux et répondis d'une voix niaise :

— Je suis une copine de Mathilde… Et… Je kiffe son frère ! Je l'aime en secret ! C'est pour ça que je le suis partout…

Il se mit à rire.

— Ne lui dis rien, s'il te plaît !

Il me regarda avec un air supérieur puis rétorqua :

— Pfff, tu es une parmi tant d'autres, ma pauvre. Il a beaucoup de filles à ses pieds, oublie-le… Moi par contre… Je suis célibataire ! Tu me donnes ton 06 ?

Et voilà qu'il me draguait, ce balourd ! Je n'avais absolument pas prévu ça dans mes plans. Prise de panique, je répondis :

— Euh… Et ben… C'est-à-dire que…

— Quoi, tu me trouves pas assez bien pour toi ?

— Si ! répondis-je par réflexe alors qu'il commençait à se fâcher.

Il se passa la main dans les cheveux, puis reprit :

— Dis-moi, tu fais quoi ce soir ?

Heureusement pour moi, Joffrey sortit du vestiaire ce qui interrompit ce tête à tête gênant. Le frère de Mathilde me fit un petit clin d'œil puis tourna les talons, suivi de son boulet de copain. Ouf… Je reçus soudain un message de mon père qui voulait savoir où j'étais. Je les quittai donc des yeux quelques secondes. Et zut, ils n'étaient déjà plus visibles. Ma filature prit fin. Je me dirigeai vers la sortie quand j'entendis la voix de Joffrey qui s'adressait qui discutait avec quelqu'un au loin :

— Salut mec !

— Salut ! Alors on se voit en boîte ce soir ?

— Et comment que j'y serai, on va faire des ravages…

Des ravages…Encore un indice que je m'empressai de noter dans mon petit carnet.

Chapitre 6
Une course contre la montre

Le reste de la journée passa vite, même très vite. L'équipe 2, ainsi que les Maîtres, étaient en patrouille. Mon biper en main, je guettai d'éventuelles informations. Je fis un saut à la maison après les cours, goûtai en famille, fis mes devoirs puis prévins ma mère que je mangerais avec mes copines à la Hot Star. J'ajoutai qu'ensuite, je passerais la nuit chez la grande sœur de Lorry qui était d'accord pour me couvrir, car en réalité, je passerais la nuit comme prévu avec Benjamin, à l'appartement de son frère.

Je me rendis donc à la Hot Star qui, bien qu'il était encore tôt, commençait à se remplir. Ben était déjà sur la piste de danse. Il venait me voir entre deux musiques pour me faire un câlin puis repartait danser. Quant à moi, j'avais une superbe vue sur Joffrey, le frère de

Mathilde qui dansait avec plusieurs filles autour de lui, telle une crotte entourée de mouches. Je tentais tant bien que mal de ne pas le perdre de vue. Soudain la voix de Damien se fit entendre :

— Lou y es-tu ?

Je lui souris avant de lui lancer :

— Il était pourri ton jeu de mots ! Qu'est-ce-que tu fais ici ?

Il s'assit près de moi, passa sa main dans ses cheveux puis me répondit, sourire aux lèvres en essayant d'être le plus sérieux possible.

— Y a de grandes chances que l'un de nos loups soit ce mec qui est avec Mathilde. Alors je me suis dit qu'il serait préférable de rester avec toi dans le cas où il se transformerait et se jetterait sur toi.

Alors qu'il se trouvait tout près de moi, je me décalai tout doucement puis pris la parole :

— Donc, tu as préféré venir enquêter avec moi qui aie des pouvoirs et qui peux me défendre contre Joffrey plutôt que d'aller avec Tom, un civil, qui pourrait se faire bouffer par Mathilde ?

J'avais envie de rire, je comprenais très bien qu'il était juste venu pour être avec moi. Il prit un air plus sérieux et reprit la parole :

— Ouais mais… en principe, Mathilde serait un bon loup donc pas de danger pour lui !

Nous sourîmes tous les deux. Il me contempla, puis regarda partout autour de lui.

— J'ai horreur des boîtes de nuit ! bougonna Damien.

— Là-dessus, je te rejoins, quel supplice ! répondis-je.

— Si t'aime pas ce genre d'endroit alors pourquoi tu t'infliges ça ? me demanda t-il.

— Je travaille, je te signale !

Il posa sa main sur la mienne puis ajouta :

— Nan, je ne parle pas de ce soir en particulier Lou, je veux dire, le fait de venir ici, avoue que c'est uniquement pour faire plaisir à ton wesh !

Je retirai sa main de la mienne avant de lui répondre :

— S'il te plaît, ne recommence pas avec ça…

— Tu la saoules ! Elle te trouve sexy à tomber par terre mais c'est du beau brun d'origine Marocaine dont elle est amoureuse !

Surprise d'entendre la voix de Gabriel, je me retournai et constatai qu'il était là, accompagnée d'Ophélie.

— Bonsoir tout le monde ! lança Gabriel avant de s'asseoir et de s'emparer de mon soda et de commencer à le siroter. Surprise, je le regardai s'enfiler d'une traite ma boisson.

Après l'avoir engloutie, il rota, me sourit puis me dit :

— Je ne me serais pas permis de le finir si tu n'avais pas pensé que c'était dégueulasse !

Après avoir tous rit de bon cœur, je repris mon sérieux et dis à Gabriel :

— Tu vas nous être d'une aide précieuse ! Je sais qu'il y a du monde mais t'arrive à entendre ce qu'ils pensent ?

Il me répondit aussitôt :

— Il te trouve canon ! Ce qui le fait fondre c'est quand tu fronces les yeux et que tu remontes tes lunettes. Il n'arrive vraiment pas à comprendre ce que tu fais avec un mec comme Ben…

— STOP ! Je te parle du frère de Mathilde, et de son pote ! imbécile !

Gabriel jeta un œil sur la piste de danse, se concentra puis s'adressa de nouveau à moi :

— Y a trop de monde mais j'arrive à capter quelques mots : « bonne, chair fraîche, à croquer » … Difficile de savoir s'il pense à manger ces filles ou si c'est plutôt connoté sexuellement !

— O.K, Gab, Ophé, surveillez-le ! Lou et moi, on bouge, j'en peux plus de cette musique de merde ! lâcha Damien en se levant soudainement.

Surprise, je répondis aussitôt :

— Quoi ? Nan, mais on peut pas partir comme ça !

— Lou, on a encore un peu de temps avant que la nuit ne tombe et que la lune soit pleine. Ça nous laisse le temps de bouger et d'aller manger un morceau quelque part. Gab et Ophélie peuvent avoir l'œil sur lui en attendant.

— Mais je ne suis pas toute seule…

Damien se tourna vers le bar, me prit la main, me plaça devant lui, les mains sur mes épaules puis me dit avec douceur :

— Il a l'air de bien s'éclater sans toi… Il ne te calcule même pas…

Je constatai que malheureusement il n'avait pas tout à fait tort. Benjamin se trouvait près du bar avec ses copains, ils étaient en pleine conversation avec la barman qui était vraiment canon. Bien qu'il m'ait suppliée de venir danser avec lui et malgré mon refus, cela ne lui donnait pas le droit de me snober ainsi. Je me tournai vers Damien puis lui demandai en souriant :

— Bon, O.K et tu veux aller où ?

Il me regarda avec un sourire malicieux et me demanda si je voulais aller à une vraie fête. Un petit rire m'échappa, j'hochais la tête affirmativement Nous jetions un dernier regard sur nos potentiel loups-garous puis nous décollâmes.

C'est à l'aide de notre pouvoir de rapidité que Damien et moi nous rendîmes au nord de la ville au Hard Rock Café. J'en avais entendu parler mais je n'y étais encore jamais allée. Il poussa la porte et je fus agréablement surprise par le Metallica qu'ils passaient en fond. Le style était un rock à l'ancienne, tout le contraire de la Hot Star. Je me sentis vraiment bien et davantage dans mon élément. Alors que je regardai partout autour de moi en souriant, Damien ne put s'empêcher de me dire :

— Merci qui ?

Je le bousculai amicalement du coude et aperçus Fortuna qui jouait au billard avec son frère. Je courus vers eux :

— Comme on se retrouve ! lançai-je.

— Oh Lou ! Trop fort, tu es là ! S'il te plaît, aide-moi à lui faire la peau !

Jean-François me regardait, l'air toujours aussi timide. Il prit un peu d'assurance avant de me dire :

— Allez, peut-être qu'à deux, chacune votre tour, vous allez réussir à me battre ?

Damien s'avança. Une fois les présentations faites, la partie débuta. Jean-François était aussi fort au billard qu'au baby-foot. Je dois reconnaître qu'une fois de plus, il nous mettait une bonne volée et ne se privait pas de nous envoyer de petites vannes sexistes. Quand ce fut mon tour, je lançai un petit regard à Damien, lui faisant comprendre que j'allais utiliser mon pouvoir pour gagner, il m'encouragea du regard. Je tirai avec la canne et en un seul coup, toutes boules entrèrent dans les trous sous le regard médusé de Jean-François.

Fortuna et moi exultâmes de joie provocatrice devant la mine dépitée de notre adversaire. Elle m'invita à aller danser. Sur le coup, je refusai, expliquant que je ne savais pas. Elle insista et me poussa sur la piste devant elle. Son frère bravant sa timidité nous y rejoignit ainsi que Damien.

Après avoir passé un agréable moment avec eux, Fortuna jeta un œil à sa montre et attrapa son frère par le bras avant de lui dire :

— JF ! Vite ! Faut qu'on y aille… Tu ne vas jamais arriver à te lever demain pour aller au boulot…

JF partit ramasser ses affaires et Fortuna le suivit après nous avoir souhaiter une bonne soirée.

— Nous aussi, on va devoir retourner là-bas, la nuit tombe, me prévint Damien.

Alors que nous nous apprêtions à partir, j'aperçus soudain Monsieur Lucas dans l'établissement. Il se tenait au fond du bar et discutait avec un homme vraiment louche, à moitié caché sous une capuche. Je m'approchai plus près, et m'aperçus que l'homme lui tendait un sachet transparent qui contenait de la viande fraîche. Il lui donna aussi d'énormes chaînes avant de s'éclipser. Damien et moi, nous nous regardâmes puis nous nous dirigeâmes droit vers Monsieur Lucas qui prenait la sortie. Le bar étant blindé, il nous échappa du regard. Nous le perdîmes de vue.

Alors que nous nous précipitions dehors afin d'essayer de retrouver mon professeur, nous nous retrouvâmes nez à nez avec Jessica et Lorry.

— Mais qu'est-ce que vous faites ici ? Lou t'es pas censée surveiller le frère de Mathilde ?

— Euh si, mais Gabriel et Ophélie sont avec lui…

— O.K, vous l'avez vu à l'intérieur ? On a espionné Mr Lucas chez lui jusqu'à ce qu'il prenne sa voiture, mais nous on est à pied alors…

— Oui, il était à l'intérieur et vous ne devinerez jamais… Il discutait avec un homme hyper chelou qui lui a remis en main propre un sac avec de la viande fraîche et d'énormes chaînes ! L'étau se resserre autour de lui…

— Quoi ? Mais il est où maintenant ? La nuit tombe, la lune sera bientôt pleine ! Faut le retrouver !

— Je vais inspecter les environs ! lâcha Damien avant de détaller à toutes vitesses.

Une boule s'installa dans mon ventre, la lune allait bientôt être pleine.

— Il faut que je retourne à la Hot Star. Si c'est Joffrey, il va faire un carnage dans la boîte. En plus Benjamin et Ophélie y sont toujours… Je vais utiliser mon pouvoir. Vous restez ici avec Damien qui viellera sur vous !

Sur ces mots, je m'éclipsai. C'est pile poil au moment où la lune se montrait complètement que j'arrivai sur les lieux. Je me dirigeai vers la piste de danse et constatai que Joffrey était toujours là, toujours accompagné de son fan club et qu'il avait l'air d'aller très bien. Gabriel et Ophélie s'approchèrent de moi.

— C'est pas lui Lou !

Je leur expliquai alors ce que j'avais vu au Hard Rock Café.

Au bout de quelques minutes, il ne se passait toujours rien mais

mon biper sonna. Je regardai et constatai que j'avais des messages :
Mathieu

« C'est pas Garry, on l'a collé toute la soirée, il est au parc de Mystéria. Il ne se transforme pas. »

Alison

« C'est pas les garces qu'on pensait, on est avec elles et nada !»

J'appelai Tom.

— Tom, alors t'es pas avec Mathilde ?

— OUI !

— Et alors ?

— C'est pas elle. J'ai passé la soirée avec elle, j'ai essayé de la faire parler et non seulement elle ne s'est pas transformée mais en plus… elle pensait vraiment que c'était un rendez-vous galant et elle m'a embrassé… On sort ensemble !

Je ne pus m'empêcher d'éclater de rire.

— Ce n'est pas marrant ! Du coup, je suppose que c'est pas son frère non plus ? Nan ? … L'étau se resserre pour Lucas ! Je t'explique par message, j'entends rien à cause de la musique.

A peine après avoir raccroché, je sentis les bras de Benjamin m'enlacer.

— Salut toi. Tu t'es pas trop ennuyée ?

Je le serrai contre moi et lui répondis :

— Euh nan, j'ai pas vu le temps passer !

Je sentis mon biper vibrer à nouveau. Je prétextai d'aller aux toilettes, sortis de la salle puis me dirigeai vers le couloir pour rappeler Damien.

— Alors ?

— Toujours à la recherche de Lucas. Mathieu, Charlène, Ophélie, Gab, Alison et Juliette me rejoignent.

— Et moi, qu'est-ce-que je fais ?

— Tu ne devais pas passer la soirée avec ton wesh, ce soir ?

— Euh oui…

— Ça va, on va gérer. Bonne soirée Lou. Même si je le déteste.

Il coupa la conversation. Le frère de Benjamin était au Maroc et nous devions dormir chez lui. Pour mes parents, je dormais chez la grande sœur de Lorry qui me couvrait. Le stress m'envahit soudain au point que cela me donna mal au ventre. Je retournai à l'intérieur. Jessica et Lorry m'avaient rejointe.

— Les filles vous êtes là !

— Ton boss Stan nous a libérées pour la soirée. Espérons qu'ils vont réussir à choper Lucas. En attendant, faut essayer de se détendre.

Jay et Enzo était sur la piste de danse, contrairement à Benjamin qui revenait vers moi.

— Bon, nos cavaliers nous attendent ! Bonne soirée Lou…

Jessica me dit au revoir avec un petit clin d'œil avant de partir avec Lorry. Benjamin m'avait rejointe. Il me prit par la main et m'entraîna vers la sortie.

Chapitre 7
Tête à tête

Nous marchions côte à côte en direction des Beaux Airs, l'appartement du frère de Benjamin. Tout le long du trajet, nous jouâmes à « C'est dans quel film ?». On sortait une réplique de film et l'autre devait deviner le film en question. Je n'aurais jamais imaginé qu'il puisse être aussi fort à ce jeu, il était cinéphile tout comme moi.

— J'en ai un ! criai-je.

— Mais c'était mon tour ! Bon, O.K, marmonna t-il.

— « C'est pas un œuf d'alligator, c'est un crocodile ! Et une espèce unique en son genre ! »

Il me regarda, l'air perplexe. Puis me répondit au bout d'une bonne minute :

— Alors là, aucune idée… vas-y, dis !

— Crocodile !

— Quoi ?

— Crocodile de Tob Hoper !

— Jamais vu de ma vie ou alors il m'a pas marqué plus que ça.

— Il est génial, faudra qu'on se le regarde un jour.

— On est arrivé, c'est là.

Je regardai devant moi. Nous nous trouvions devant le bâtiment. Le stress me gagna à nouveau. Il fallait impérativement que je me calme et que j'essaie de me détendre. Je me faisais du souci pour Océane qui était toujours hospitalisée avec la grippe, je ne pouvais pas m'empêcher de penser aux loups garous..., cela n'aidait vraiment pas et j'avais une peur bleue de ce qui pouvait se passer. Nous pénétrâmes dans l'immeuble et empruntâmes l'escalier. L'appartement se trouvait au troisième étage. Il inséra la clef, éclaira la pièce principale et m'invita à entrer. C'était un charmant petit deux pièces. A l'entrée, se trouvait une première porte avec le WC et la salle de bain. Ensuite, il y avait une petite pièce de vie. Le séjour était meublé à la marocaine avec de jolis sédaris et une cuisine ouverte. Au fond de l'appartement, une porte s'ouvrait sur une petite chambre confortable. Je fus surprise de voir à quel point l'appartement était soigné. Après avoir effectué une petite visite, Benjamin m'invita à retirer ma veste et à faire comme si j'étais chez moi. Il se rendit dans la cuisine après m'avoir demandé si j'avais faim et il commença à préparer une omelette sans avoir attendu ma réponse. J'allumai la télé pour essayer de penser à autre chose et je me détendis un peu. Je jetai un œil sur mon biper puis pris la décision de l'éteindre. Après tout, c'était mon soir de repos.

Les programmes étaient complètement nuls, il n'y avait que des rediffusions débiles de télé-réalité. Je considérais ces contenus à gerber, c'était des émissions abrutissantes avec des présentateurs idiots. Alors que je zappai d'une chaîne à l'autre, Benjamin me rejoignit avec deux assiettes joliment décorées.

— Waouh ! Fallait pas te donner tout ce mal ! le taquinai-je.

Il se colla à moi, entama son repas avant de me répondre :

— Fait avec amour !

J'avais enfin trouvé mon bonheur avec une chaîne qui passait un concert de métal. Benjamin fit une grimace et ronchonna :

— C'est quoi cette musique de malades ? Mais qu'est ce qu'il fait le mec ? Et pourquoi il porte un masque, il fait grave reup !

J'avalai une première bouchée, pris un peu d'assurance puis répondis :

— Arrête, c'est du métal, ça déchire !

Il se mit à rire et reprit :

— Nan mais arrête bébé, tu vas pas me dire que tu kiffes ça ? On dirait un rituel satanique !

— Avoue que tu kiffes. Allez, dis la phrase ! « Le rock domine, le rap s'incline ! »

Il avala d'une traite sa salive, me jeta un regard noir puis répondit :

— Ah nan, c'est mort ! Là, c'est pas mérité ! Allez change !

Il prit la télécommande, zappa puis mit une chaîne avec un clip de rap américain dans lequel on voyait des femmes à moitié nues se déhancher. Je repris la commande, remis la chaîne avec le concert et dans un jeu de passe-passe, amusé, il remit son clip. A mon tour, je lui repris la télécommande, il attrapa ma main, je serrais l'objet convoité d'une main tout en tenant mon assiette dans l'autre main. Il me fit alors une petite moue qui me fit complètement craquer et je lui rendis la commande pour qu'il remette son programme. C'était maintenant un rappeur français que j'appréciai. Alors je me mis à entonner les paroles avec Ben et nous rîmes tout en mangeant et chantant.

— Tu kiffes avoue ! Allez dis la phrase ! me charria Ben.

Alors que j'hésitais, il me dit joyeusement :

— C'est la règle, on le dit quand on aime une chanson !

— Bon… O.K mais ça reste entre nous… « Le Rap domine, le Rock s'incline !»

— Yeeeeees ! s'écria-t-il tel un enfant qui venait de gagner à un jeu.

Nos assiettes terminées, il débarrassa puis revint de la cuisine avec des fruits en guise de dessert. Nous poursuivîmes le repas devant un documentaire animalier sur les requins.

— Aaah que ça m'énerve ! Nan mais sérieux pourquoi faut toujours que ces documentaires les fassent passer pour des monstres ? bougonnai-je.

Surpris, Ben me répondit :

— Euh, bah parce que c'est des monstres bouffeurs d'hommes !

— Oh nan, je te pensais assez intelligent pour savoir que les requins ne sont pas aussi dangereux que ça. En réalité, ils n'aiment pas l'homme. La plupart des attaques sont accidentelles car ils confondent les surfeurs avec des phoques ou des tortues !

— Ouais je suis au courant, seulement… j'aimerais pas en croiser un quand je me baigne !

— Tu veux que je te dise, pour moi, c'est l'Homme qui est le pire prédateur au Monde.

— L'homme avec un grand H ou l'homme ?

Il me contemplait avec un air malicieux. Je pris son visage dans la main, lui donnai un baiser puis répondis :

— Hum… je sais pas, peut-être bien les hommes avec un petit h ! Ils sont très dangereux ! Des prédateurs qui se cachent derrière un sourire charmeur !

Il me jeta un regard sérieux avant de se jeter sur moi et de m'allonger sur le canapé.

— Dangereux comme ça ?

Il m'embrassa très sensuellement. Alors que ses mains se promenaient sur mon corps, je sentis que ça bouillonnait à l'intérieur de moi. Le désir montait, montait quand soudain un bruit retentit dans la cuisine. Benjamin se leva d'un coup.

— Merde ! Le feu ! Je vais l'arrêter. Les pop-corn commencent à cramer.

Il partit couper le gaz puis revint à côté de moi. Il posa les pop-corn sur la table avant de reprendre :

— C'est chelou, la chaleur était à fond alors que le feu était sur feu doux.

Je savais que j'avais provoqué cela. Il fallait que j'arrive à gérer mes émotions.

Il me caressa le visage puis me murmura dans l'oreille :

— On en était où ?

Le stress m'avait de nouveau gagnée. Je me pinçai la lèvre, hésitai puis répondis timidement :

— Euh, je peux aller prendre une douche ?

— Ouais bien sûr, je t'ai dit de faire comme chez toi.

Après l'avoir embrassé, je me levai, me dirigeai droit dans la salle de bain. Je me regardai dans le miroir, complètement perdue. J'allais probablement perdre ma virginité ce soir. Le problème c'est que je ne me sentais pas prête. Une partie de moi en avait envie, j'étais amoureuse et je ressentais du désir pour lui, mais une autre partie me disait d'attendre encore un peu, que c'était trop tôt, que je ne connaissais pas encore tout à fait Benjamin, qu'il fallait attendre que les choses deviennent plus sérieuses entre nous, attendre que nos familles se connaissent. J'avais aussi conscience que faire l'amour pouvait aboutir à une grossesse. Même avec une contraception, cela pouvait arriver et ce n'était pas du tout le moment. Je ne me sentais pas prête. Sans parler de mes pouvoirs… C'était le côté négatif : être dotée de ces merveilleux dons et n'être pas encore capable de les maîtriser comme le faisaient les Maîtres. Je pouvais être dangereuse… Je sentis que ça tourbillonnait dans ma tête. Alors que j'essayai de faire le vide, le verre dans lequel étaient posées les brosses à dents se brisa.

Je fermai les yeux, me calmai. J'ouvris un paquet neuf de brosses à dents, en choisis une, me les brossai, me déshabillai puis entrai dans la douche. L'eau chaude, limite bouillante, me fit un bien fou et me relaxa... La pièce ne mit pas longtemps à être totalement envahie de buée. Au bout de quelques minutes, j'entendis la voix de Benjamin qui entrait à son tour dans la salle de bain. Je n'eus pas le temps de réagir, il m'avait rejointe. J'étais tétanisée ! Je ne m'attendais vraiment pas à ce qu'il me rejoigne sous la douche ! L'eau commençait à réagir à cause de mes émotions. Alors qu'il me savonnait le corps, il me chuchota à l'oreille :

— Détends-toi…

Il se savonna à son tour. Il était vraiment sexy, ainsi mouillé. Je n'osais pas imaginer à quoi je devais ressembler à cet instant. Alors qu'il se rinçait de manière sensuelle, il me serra contre lui soudainement et se mis à m'embrasser jusqu'à descendre au niveau de mon cou.

« Zen, Lou ! Zen, Lou ! Essaie de te détendre, allez reste Zen ! Respire ! » me répétai-je. Mais rien, n'y faisait, je n'arrivais pas à me détendre.

— Euh, j'ai froid ! balançai-je.

Surpris, il se releva puis répondit :

— Mais l'eau est bouillante !

— Ouais, mais j'ai vraiment froid, moi ! On sort, tu me passes une serviette ?

Il me fit son petit sourire charmeur mais navré puis sortit le premier, enroula une grande serviette autour de mon corps et me fit un petit bisou sur la tête.

— Tu me rejoins dans le pieu de mon frère ? me lâcha Ben avant de quitter la salle de bain.

Décidément il n'avait pas l'air de réaliser que je n'étais pas prête pour aller plus loin. Je mis un bon moment à me décider à sortir de la salle de bain. Je jetai un œil dans le sac que j'avais préparé à l'arrache le matin, j'enfilai mon pyjama, un simple legging avec un petit débardeur moulant. Je pris une grande inspiration puis partis le rejoindre dans la chambre.

Arrivée dans la pièce, je constatai qu'il m'attendait dans le lit sous une grosse couverture. Il avait allumé la télévision qui se trouvait en face du lit. Intimidée, je me dirigeai vers l'étagère qui se trouvait à côté de la porte.

— On se met un DVD ? demandai-je en essayant de dissimuler mon mal-être.

Ben hésita un moment avant de répondre :

— Ouais, vas-y, choisis-en un et pose-le sur le meuble. On le regardera après. Tu viens ? Je t'ai chauffé ta place.

Le pas hésitant, je finis finalement par le rejoindre. Je me collai contre lui, posai ma tête sur son torse nu et chaud. Il me fit un baiser puis s'allongea sur moi tout en m'embrassant très sensuellement. Il retira mon débardeur sans aucune difficulté. Je constatais qu'il avait beaucoup d'expérience et alors qu'il commençait à retirer mon pantalon, je pris mon courage à deux mains puis dis :

— Stop… Arrête s'il te plaît…

Il s'arrêta aussitôt et me demanda :

— Qu'est-ce qu'il y a ? T'aime pas ça ?

— Ce n'est pas ça, c'est juste que… Je suis pas prête…

— Quoi ? Mais t'inquiète, c'est normal d'avoir peur la première fois, je vais faire doucement, ça va aller…

— Je te fais confiance, je sais tout ça mais vraiment je préfère attendre…

Benjamin s'assit de côté, se tint la tête entre les mains comme s'il réfléchissait puis reprit la conversation :

— Je, j'comprend pas pourquoi tu veux pas... J'sais pas ? T'as pas sentiments pour moi ?

— Si ! Bien sûr que si !

— Bah, c'est quoi le problème alors ?

— Je te l'ai dis, je me sens pas encore prête ! Déjà si on le fait, y a un risque que je tombe enceinte…Je prends pas la pilule…

— T'en fais pas pour ça, j'ai des préservatifs !

— Pas efficace à 100 % !

— Lou, j'ai grave envie de toi !

— Si le sexe te manque, je comprends que tu veuilles me quitter pour aller avec une autre qui te dira oui tout de suite…

Blessé par mes paroles, je suppose, il se rallongea sur moi, caressa mon visage puis me dit avec douceur :

— C'est TOI que j'aime, c'est avec TOI que j'ai envie de le faire…

— Mais je n'veux pas. Je ne me sens pas prête, c'est tout. Je veux attendre le bon, celui qui me passera la bague au doigt… mais pour le moment rien me dit que ce sera toi…

Il se rassit, l'air triste. Je m'assis à côté de lui, posai ma tête contre la sienne puis m'excusai :

— Désolée, je ne voulais pas te faire de la peine…

— Nan, t'as raison… C'est moi qui suis un bouffon…

— Dis pas ça !

— Nan mais c'est vrai, j'ai pas l'habitude de tomber sur des filles comme toi qui attendent et se préserve… Je réalise que je ne te mérite vraiment pas…

— Attends, je dis pas que les filles qui couchent à tout va, sont pas des filles bien…

— Moi, je le dis et pareil pour les mecs qui couchent à droite et à gauche. Les bonnes valeurs se perdent…

Je me rallongeai, ne sachant plus quoi dire. Il se coucha sur moi, sa tête sur ma poitrine.

— Waouh, il bat à 2000 ton cœur ! C'est ouf.

— Vous en êtes le principal responsable Mr Benjamin Amin de Courbel !

Amusé, il me sourit puis m'embrassa avant de s'asseoir à nouveau pour remettre son caleçon. Il se

dirigea ensuite vers le meuble télé et mit le DVD que
j'avais choisis au hasard. Il se recoucha et je me blottis
de nouveau contre lui. Le film de karaté défilait depuis
à peine un quart d'heure que je m'endormis
paisiblement contre lui tandis qu'il me caressait mes
cheveux.

Chapitre 8
Chasseurs de monstres

Le même soir, un peu plus tôt du côté de mes amis Protecteurs

Après avoir raccroché avec Lou, Damien s'était lancé à la poursuite de Mr Lucas, le professeur d'Anglais de Lou. Mais qui était cet homme suspect avec qui il discutait ? Pourquoi lui avait-t-il remis ces chaînes ainsi que ce sac de viande. Il y avait de fortes chances que ce professeur soit l'un des loups, sans compter qu'il avait ce fameux bandage sur la main. Cela voulait dire qu'il avait probablement été mordu ou griffé et qu'il était devenu un loup garou suite à une attaque. Restait plus qu'à découvrir s'il était bon ou mauvais…

Le jeune Protecteur inspecta l'extérieur, regardant partout autour de lui. La nuit était tombée, la lune se montrait. Il s'empara du biper et demanda par message qu'elle était la marque de la voiture du prof. Au bout de quelques secondes, Charlène répondit :

« Une petite Skoda noire »

Le héros fit alors un tour sur le parking afin de voir si la voiture était toujours là. Après plusieurs minutes, il finit enfin par l'apercevoir. Lekin n'était pas reparti avec. Était-il trop tard pour que le professeur se soit enfermé chez lui afin de contenir le loup qui était en lui ? Était-il quelque part dans les environs ? Il fallait le retrouver et vite.

Alison et Juliette déboulèrent, suivies de Gabriel et Ophélie, ces deux derniers étant très essoufflés.

— Alors, où es le prof ? demanda Juliette. Damien qui essayait tant bien que mal de garder son calme expliqua :

— J'en sais rien mais sa voiture est toujours là. Donc ça veut dire qu'il est dans les parages ! Où sont Mathieu et Charlène ? Ils ne devaient pas venir avec nous ? demanda Damien.

— Ils ont été appelés en renfort par Marie-Laure pour combattre un petit groupe de vampires au cimetière.

— O.K…

— Faut absolument qu'on retrouve le prof ! déclara Ophélie.

Alison demanda :

— C'est quoi le plan ?

Damien répondit aussitôt :

— On va se séparer. Alison, Juliette et Gabriel, vous allez retourner dans le bar voir s'il s'y trouve et vous essaierez de le choper. Appelez Grimini ! En cas de problème, il pourra hypnotiser les civils ! Gab vous sera utile car il peut entendre les pensées. Ophélie et moi, on va aller patrouiller dans la forêt ! On se tient au courant sur les biper !

— Ça marche ! Bon courage ! Faites gaffe à vous ! dit Alison.

Alison, Juliette et Gabriel retournèrent dans le bar tandis qu'Ophélie et Damien pénétrèrent dans la forêt. Il faisait sombre, la jeune Protectrice, de nature peureuse n'était pas très rassurée. Elle restait près de Damien qu'elle trouvait particulièrement nerveux. Elle lui demanda timidement :

— Dam, dis-moi, t'as l'air tendu !

Le jeune homme la regarda, stupéfait puis répondit :

— Notre seule et unique Protectrice qui possède le don de la Vision est à l'hôpital et on a deux loups garous sur les bras. Contrairement à d'habitude, on ne peut pas se contenter de les zigouiller car il y a des être humains derrière ces monstres ! De plus, les capturer ne va pas être fastoche pour nous car d'après ce que nous a expliqué Sabrina, les loups garous, en plus d'être forts, sont très rapides et agiles et ils sont balaises pour se faufiler ou se camoufler… On a, en plus, la ville et ses alentours à protéger des vampires… Tu ne crois pas qu'il y a de bonnes raisons d'être nerveux ?

Ophélie le contempla avec un petit sourire en coin puis répondit.

— Je pense pas que ça soit uniquement pour ça que tu sois autant sur les nerfs.

— Explique-toi !

— Ça ne serait pas plutôt à cause du fait que Lou soit partie passer la soirée avec son petit ami ?

Damien s'esclaffa puis rétorqua :

— Je vous trouve bien trop curieuse Mademoiselle Ophélie !

Elle rit à son tour puis ajouta alors qu'ils avançaient dans les bois lugubres et sombres :

— Allez, avoue-le... Tu es fou d'elle ! Ça se voit grave tu sais !

— On est en patrouille ! C'est pas le moment de parler de mes sentiments pour Lou.

— Donc, tu en as ! J'avais raison ! Si tu veux parler, je suis là.

Il hésita un moment puis se confia :

— C'est vrai qu'elle me plaît beaucoup. Et si tu veux mon avis, je pense qu'elle n'a rien à faire avec ce mec.

— Pourquoi tu dis ça ? Tu le connais au moins ?

Damien leva les yeux au ciel puis ajouta :

— C'est un fils de riche, pourri et gâté. Un coureur de nanas, un crâneur. Lou c'est... enfin, ils n'ont rien en commun !

— Tu sais ce qu'on dit, parfois les opposés s'attirent...

Voyant que le sujet semblait contrarier son ami, elle décida de changer de conversation :

— Tu es sûr que le prof est bien l'un des deux loups ? demanda-t-elle.

Son collègue lui répondit d'une voix sereine :

— Y a des chances que oui... Qu'est-ce qu'il fichait avec des chaînes ? Et puis ce gros sac de bidoche... C'est pas clair....

— S'il avait des chaînes, c'est peut-être parce que justement il veut s'attacher pour ne faire de mal à personne...

— C'est une hypothèse ! Ophélie... Tais-toi deux minutes s'il te plaît...

Le héros s'arrêta net, se concentra puis cria d'un coup :

— Baisse-toi !

La jeune fille eut alors le réflexe de se jeter au sol. Un vampire

s'était élancé pour l'attaquer par l'arrière. Alors que Damien entamait une bagarre avec l'agresseur, Ophélie se leva, remonta ses lunettes puis fixa une branche qui se trouvait au sol. Alors qu'elle commençait à la faire voler dans les airs pour la projeter sur le vampire, elle fut surprise par une deuxième attaque. Cette fois, c'était une vampire femme qui sortit, brune, yeux rouges, canines acérées. Ophélie eut alors le réflexe de lui envoyer le pieu en plein cœur, ce qui la tua sur le coup.

Damien s'arrêta un instant dans sa bagarre, admiratif, afin de la féliciter :

— Pas mal ! C'est que tu progresses ! J'ai l'impression que c'était hier que tu te contentais de faire tomber les ennemis en jouant avec leurs lacets du regard !

— Merci ! Oh mais tu sais, je le fais encore ! répondit timidement Ophélie.

Damien se replongea dans sa bagarre quand soudain un autre vampire déboula.

— Vivement qu'Océane soit de retour ! souffla Ophélie avant de poignarder de nouveau ce monstre en plein cœur. Damien qui venait d'en finir avec son vampire dit, stupéfait :

— Punaise ! Tu viens d'en avoir deux sans te fatiguer ! La petite Ophélie a fait du chemin !

Elle se passa la main dans les cheveux, mal à l'aise. Elle répondit d'une petite voix douce :

— Oh, ce n'était pas grand-chose…

— Bon, ce n'est pas tout mais on a un loup garou à retrouver…

Au même moment, ils entendirent le hurlement d'un loup au loin dans la forêt. Damien ordonna aussitôt à Ophélie de grimper sur son dos. Elle s'exécuta et Damien détalla à toute vitesse en direction du bruit. Le hurlement se fit de nouveau entendre, plus proche. Damien s'arrêta, Ophélie descendit de son dos et se mit en position d'attaque. Alors qu'elle regardait partout autour d'elle, scrutant l'obscurité, la jeune fille sentit quelque chose d'humide tomber sur sa main. Elle eut aussitôt le réflexe de s'essuyer sur son pantalon. C'est alors qu'un grognement feutré s'échappa du haut de l'arbre. Elle leva la tête et remarqua avec effroi que le loup garou gris se trouvait agrippé à l'arbre et la regardait, la bave au museau. Elle recula tout doucement puis appela son collègue d'une voix tremblante.

— Dam…

— Pas maintenant Ophélie ! Concentre-toi !

Le loup l'observait, l'air menaçant comme s'il allait n'en faire qu'une bouchée. Elle recula encore, doucement et appela de nouveau :

— D… Dam…

— Chut ! J'essaie de me concentrer sur le bruit !

Alors que le monstre commençait à bouger tout en grognant, Ophélie s'écria :

— Mais Damien !!

— Quoi encore ?

— Il est là !!

— Quoi ?

Damien se retourna en direction d'Ophélie qui lui montrait le loup du doigt.

— O.K, pas de panique, recule doucement et viens vers moi… Faut-être méga prudent… Même si l'humain qui l'habite est bon… il ne maîtrise peut être pas encore le loup en lui… Recule, Zen…

Ophélie s'exécuta tout doucement jusqu'à ce qu'elle arrive à côté de Damien sans lâcher le loup des yeux.

— Il est plutôt mignon… On dirait un espèce de gros chien loup… Bon O.K avec de grosses dents et de grandes griffes mais…

Damien la coupa pour tenter de parler au loup :

— Tout doux… On veut juste vous aider…

— Oh monsieur le prof d'anglais… Que vous avez de grandes dents… ricana Ophélie.

Damien rit à son tour, tandis que le loup semblait de moins en moins agressif. Un peu comme s'ils arrivaient à toucher l'humain en lui. Le jeune Protecteur se plaça devant elle et lui murmura :

— Je vais prévenir Cédric… Il a un fusil à fléchettes tranquillisantes. Tu peux essayer de le retenir avec ton pouvoir jusqu'à ce qu'il arrive ?

— Je vais essayer…

Soudain, un hurlement de loup se fit entendre au loin dans la forêt. Le loup perché sur l'arbre, sauta à terre et s'enfuit dans sa direction, comme si on l'avait appelé. Il renonça à Ophélie qu'il avait pourtant eu l'intention de croquer. Le voyant détaler, Damien cria :

— Ophélie ! Maintenant !

La jeune héroïne fixa le loup et fit preuve de sa plus intense concentration. Elle réussit à le figer sur place. Damien sortit son biper afin de prévenir Cédric. Il était fier d'avoir aidé à neutraliser un des loups quand il sentit une présence derrière lui, qui le saisit et lui mordit le cou. Comprenant instantanément que c'était un vampire, il eût le réflexe de lui donner un coup de tête, ce qui le fit reculer. Le jeune homme se retourna alors aussitôt et aperçut le vampire homme aux longs cheveux qui fonçait droit sur lui. La bagarre débuta. Ophélie de son côté, extrêmement tendue par l'effort, avait le nez en sang. Devoir tenir cette créature lui demandait beaucoup d'énergie. Elle commençait à peiner.

— Dam ! Je fais quoi ?

— Essaie de tenir !

— Il est trop fort… Je vais lâcher…

Damien, qui était en pleine bagarre, ne voyait pas qu'Ophélie était mal en point. A peine débarrasser du vampire, il fut attaqué par deux autres. Au bout de ses forces, Ophélie lâcha le loup garou. Elle n'eut pas le temps de réagir. Le loup garou se mit alors à courir en direction de Damien, se jeta sur un des vampires, le projeta au sol et lui arracha la tête d'un coup de patte. Le hurlement de l'autre loup garou se fit de nouveau entendre. Il renouvelait son appel avec insistance. Le loup gris détala alors à toute vitesse. Ophélie, exténuée, s'effondra sur le sol. Damien se précipita vers elle pour s'enquérir de sa santé :

— Hé… Ça va toi ?

— Je n'ai pas réussi à le retenir… Je suis désolée…

— Ce n'est pas grave, ce loup m'a bien aidé pour le coup. On a au moins une chose en commun avec eux, ils n'aiment pas les vampires…mais faut qu'on se lance à sa poursuite…Tu grimpes sur mon dos ?

La jeune fille fut prise d'un malaise. Elle s'accroupit de nouveau au sol.

— Oh nan … T'as trop forcé… Je n'aurais pas dû te demander de poursuivre ton effort. Écoute, je vais prévenir les autres qu'il vient de s'enfuir vers le nord de la forêt et je te ramène…

— Non, je peux tenir…

— T'en as déjà bien assez fait et c'est trop dangereux. Allez grimpe !

Aussitôt après avoir prévenu les autres, il partit raccompagner Ophélie qu'il estimait trop affaiblie pour continuer.

De leur côté, Alison, Juliette et Gabriel étaient toujours dans le bar qui était blindé. Alison faisait les milles pas, soucieuse de voir débarquer les loups garous.

— Tu entends quelque chose de suspect ? demanda-t-elle à Gabriel. Ce dernier répondit :

— Avec tout ce raffut, ce n'est pas facile de faire le tri…

Au même moment, Juliette arriva.

— Sa voiture est toujours sur le parking ! lâcha-elle, exaspérée et inquiète à la fois.

Alison souffla :

— Bon sang mais où est-il ?…

— On devrait peut-être aller rejoindre les autres dans la forêt ! proposa Juliette.

Alison hocha la tête puis rétorqua :

— Non… Sa voiture est toujours là… Vaut mieux rester ici dans le cas où il serait toujours dans les parages. Il nous faut protéger les civils.

Au même moment, les biper sonnèrent :

« C'est Dam. Avec Ophélie on a rencontré le loup gris. Il a dégommé un vampire qui m'attaquait et s'est barré ! Ophélie a essayé de le paralyser avec son pouvoir mais elle a trop forcé et elle a fait un malaise. Je la ramène et je rejoins les Maîtres. Ali, Juliette et

Gab, restez aux alentours du Hard Rock Café et surveillez le périmètre. »

Alison rangea son biper puis dit :

— Bon, ben ça avance… Juliette, viens avec moi dehors on va faire un petit tour, histoire de s'assurer qu'il n'y a pas de vilains monstres à l'affût !

Juliette qui était en train de se goinfrer de chips ronchonna :

— Maintenant ? Attends, la musique est sympa !

Alison leva les yeux au ciel, saisit sa copine par le bras et l'entraîna avec elle. Gabriel qui lui aussi était en train de grignoter, demanda aux filles :

— Mais attendez, je fais quoi moi ?

Alison le contempla un instant, puis répondit :

— Toi… Reste ici et surveille Grimini !

Le jeune homme tourna la tête et jeta un œil vers les jeux où le grelin, déguisé de manière à cacher son apparence de lutin, était en pleine partie de flipper. Il se comportait comme un enfant.

— Attendez, je ne vais pas rester ici à jouer les baby-sitters ! Je pourrai vous être utile dehors en écoutant les pensées d'éventuels vampires !

Juliette et Alison se consultèrent, l'air indécis quand soudain un bruit retentit au niveau de l'espace de jeux. C'était la voix de Grimini qui faisait un caprice parce que deux ados lui avaient pris sa place. Gabriel déclara alors :

— Je crois que vous avez raison tout compte fait… Vaut mieux éviter de le laisser seul !

Il partit alors rejoindre le Grelin tandis que les filles sortaient patrouiller dehors.

Au grand cimetière de Mystéria, Orphée, Marie-Laure, Mathieu et Charlène étaient en pleine bagarre.

En plus d'un bon petit groupe de vampires qui se baladaient à la recherche d'un bon repas, Marie-Laure et Orphée étaient tombées plus tôt dans la soirée sur quatre affreux démons, ayant un aspect humain et des cornes sur la tête et qui semblaient vouloir faire une sorte de rituel satanique. Ces démons étant difficiles à battre, les deux jeunes femmes avaient appelé Mathieu et Charlène à la rescousse. Ces deux derniers s'occupaient des vampires, tandis qu'elles essayaient tant bien que mal de se débarrasser de ces curieux monstres qui parlaient dans une autre langue. Bien qu'Orphée ne posséda pas le don de la force, elle parvenait à bien se débrouiller, grâce à tous les cours de combat.

— Océane a bien choisi sa semaine pour tomber malade ! ronchonna Marie-Laure alors qu'elle était en pleine bagarre avec un des démons.

— Et Lou a bien choisi sa soirée pour s'envoyer en l'air avec son mec, bougonna Orphée.

Marie-Laure attrapa le démon par les cornes, le fit tournoyer puis le projeta à plusieurs mètres, avant de répondre.

— Rohlala, tu es dure ! C'est son soir de repos. Sérieux, c'est quoi ton problème avec elle ?

Orphée, qui venait elle aussi de malmener son démon, fit alors une petite grimace avant de répondre :

— Je n'ai rien contre elle… C'est juste que…

— C'est juste que tu es jalouse ! lâcha Marie-Laure alors que son démon s'apprêtait à se jeter sur elle. Orphée utilisa son pouvoir afin de diriger le vent sur l'ennemi, ce qui le perturba et Marie-Laure put le tuer à l'aide de son épée. Elle envoya son arme sur un autre démon d'un jet violent et le transperça de part en part. Elle reprit son souffle puis demanda à Marie-Laure :

— Attends… Qu'est-ce-que tu entends par là ?

Marie-Laure leva les yeux au ciel et lui dit avec franchise :

— Fais pas semblant de ne pas comprendre…

— De ne pas comprendre quoi ?!

— Je te parle de la manière dont tu te comportes avec Lou…

— Je ne vois absolument pas de quoi tu parles !

— Oh arrête Orphée, s'il te plaît…

Alors que les deux jeunes filles se disputaient, les deux autres démons à cornes commençaient à s'éclipser discrètement…

— Non sérieux ! Je ne comprends pas de quoi tu parles ! insista Orphée qui aux yeux de son interlocutrice n'avait pas l'air crédible. Exaspérée, elle s'écria :

— Assume un peu des torts Orphée ! Océane a prédit une Protectrice puissante en Lou et ça t'a vraiment foutu les boules ! Avoue quoi !

— Ne me parle pas sur ce ton ! Je te rappelle que je suis ta chef !

Marie-Laure la regarda de haut puis se défendit :

— J'aurai 21 ans, dans deux ans ! J'aurai le même statut que toi ! Alors redescends un peu de ton piédestal !

Orphée fronça les sourcils puis s'adressa à son apprentie avec fermeté :

— Tu n'as pas encore l'âge, tu me dois le respect !

— Oh, parce que toi, tu as du respect pour tout le monde peut-être ?

Orphée se tut un moment, cherchant quoi dire pour se défendre. Elle savait très bien, au fond d'elle, que Marie-Laure avait raison. Elle était très jalouse de Lou. Une jalousie qui la dévorait de plus en plus. Alors que Marie-Laure la regardait, bras croisés, dans l'attente d'une réponse, elle se décida à parler :

— Évidemment que j'ai du respect pour tout le monde ! T'es pas cool de me faire une telle réflexion…

Marie-Laure se décrispa, prit un air plus doux et s'adressa à sa chef :

— Je ne voulais pas être méchante Orphée, ni te blesser… Mais… Tu ne t'en rends peut-être pas compte… T'es hyper froide avec Lou. Tout le temps. Comme ci ça te faisait chier qu'elle soit parmi nous.

La chef haussa les épaules. Puis expliqua :

— C'est pas que je ne l'aime pas, Marie-Laure… C'est juste que… C'est toi qui ne te rends pas compte à quel point c'est frustrant pour moi… J'ai tout lâché pour me consacrer à l'Agence, à cette lutte contre le Mal. Toutes ces années d'entraînement… de travail. Tout ça pour arriver à ne faire que… ça … dit-elle en soulevant une poignée de terre avec son pouvoir et de la relâcher. Elle baissa les yeux puis reprit :

— Et elle, elle se pointe et en quelques mois elle développe tous ces dons…

Marie-Laure lui tapota le dos puis tenta de la consoler tout en restant honnête :

— Je suis désolée, Orphée… Mais c'est de la mauvaise foi… On ne choisit pas nos dons, tu le sais… C'est comme ça. Toi, tu as la chance d'en posséder un, ça n'est pas le cas de tout le monde. Et ne sous-estime pas ton don… Je te rappelle que tu as le pouvoir de faire tomber la pluie sur des terres qui subissent la sécheresse… que tu peux réfrigérer la glace dans les pays froid et sauver les espèces menacées... que tes mains ont le pouvoir de stopper un tsunami… et j'en oublie sûrement plein d'autres…

Orphée sourit, cala sa tête contre l'épaule de son apprentie quand soudain un cri retentit au loin. Elles se levèrent aussitôt et regardèrent partout autour d'elles. C'est avec stupeur qu'elles réalisèrent que leurs deux démons avaient pris la fuite et se trouvaient à l'autre bout du cimetière en pleine bagarre avec Mathieu et Charlène.

— Oh merde ! lâcha Orphée.

— Ça n'est pas un langage digne d'un Maître ! lui fit remarquer Marie-Laure avec un petit rire sarcastique.

La chef lui mit un petit coup de poing dans le dos et rétorqua :

— Roh, la ferme et cours !

Elles se précipitèrent alors auprès de leurs amis qu'elles trouvèrent en pleine action.

Marie-Laure arriva la première, agrippa le monstre qui était sur le dos de Mathieu et le jeta au sol. Orphée s'apprêta à le transpercer mais celui-ci lui saisit le bras et la serra très fort. Elle envoya son épée à Marie-Laure qui, d'un coup sec le décapita, envoyant des morceaux de chair de couleur verte sur la pauvre Orphée qui sembla dégoûtée.

— Merci…rouspéta-t-elle.

— Mais pas de quoi ! s'esclaffa Marie-Laure tandis que Mathieu et Charlène finissaient d'achever le dernier.

Une fois la mission terminée, Orphée s'adressa aux jeunes :

— Bon, allez… faut pas traîner… on va brûler les corps de ces démons et contacter les autres pour voir où ils en sont. Yann a été appelé en urgence à l'hôpital. Yannick et Jérôme patrouillent dans le centre-ville avec Grimiyo. Ali, Juliette, Gab et Grimini patrouillent aux alentours du Hard Rock Café et les autres essaient de trouver les deux loups avant qu'ils ne fassent des victimes. Le jour ne va pas tarder à se lever… Ils s'exécutèrent.

De leur côté, Yannick et Jérôme avaient aussi une soirée bien mouvementée… Ils avaient repéré un vampire qui était entré dans un cinéma et ils étaient parvenu à l'éliminer. A peine remis de leurs émotions, deux autres vampires avaient fait irruption dans le même lieu. Grimiyo avait réuni tous les civils dans une pièce, hors du danger, afin de les hypnotiser, tandis que les deux héros combattaient.

— Attention ! Derrière man ! envoya Yannick à son coéquipier alors que l'ennemi s'apprêtait à lui sauter dessus.

—On aurait dû prendre Gab avec nous ce soir ! dit Jérôme entre deux coups. Il saisit son vampire, un homme aux yeux rouges, le plaqua contre un mur, arrachant au passage les affiches de films collées au mur. Il sortit son pieu afin de l'embrocher mais la créature de la nuit lui infligea un coup de boule qui le fit instantanément reculer. Le monstre fonça alors droit sur Yannick qui venait d'éliminer son vampire. Alors qu'ils commençaient à échanger des coups, Jérôme se joignit à la bagarre qui les mena dans une des salles du cinéma. Yannick saisit l'ennemi par les bras ce qui permit à son collègue de le tuer.

Les deux héros s'affalèrent alors sur les sièges, s'emparèrent des boites de pop-corn qui traînaient sur les côtés et ils commencèrent à grignoter.

— Je sais pas pour toi, mais moi buter des monstres ça me donne toujours la dalle ! lâcha Jérôme.

— Grave man. Tu veux du coca ? demanda t-il à son ami en lui tendant une bouteille déjà entamée. Celui-ci accepta et commença à boire. Au même moment, Grimiyo fit irruption dans la pièce.

— Non mais ! C'est une blague ? Depuis tout à l'heure je bosse et je vous retrouve là à vous goinfrer et picoler !

Jérôme tendit la boite en carton de pop-corn au grelin. Ce dernier fit disparaître son air boudeur et se laissa tenter.

— C'est pas tout mais on devrait contacter les autres. Ils ont peut-être besoin d'aide, dit Jérôme.

— Cool man, on a le temps. On se pose cinq minutes, répondit le jeune rasta avec son air habituellement décontracté. Alors que le jeune homme sortait des feuilles et un petit sachet suspect, Grimiyo demanda aussitôt :

— Mais qu'est ce que tu fous Yannick ?

C'est tout détendu que Yannick répondit :

— Je me roule un pet !

— Ah Ouais ! Tu fais tourner mec ! ajouta Jérôme alors que Grimiyo, outré, tentait de se montrer autoritaire :

— Non mais ! Vous êtes sérieux ! Vous réalisez que vous serez bientôt des Maîtres ?! Et vous trouvez que c'est un comportement digne de ce nom ?

— Oh ça va, détends-toi ! On l'a bien mérité ! se défendit Jérôme.

Grimiyo attrapa alors le matériel de Yannick.

— Hé ! Tu fais quoi man ?

— Premièrement, on ne fume pas dans un cinéma ! Deuxièmement fumer ce n'est pas bon pour la santé ! La drogue encore moins ! Je vais immédiatement aller jeter ça dans les toilettes !

— T'es pas cool… rouspéta Jérôme en sirotant son soda. Le grelin reprit :

— Je vais me débarrasser de ça, je libère les civils, en leur mettant dans la tête qu'ils ont vu le film puis on y va. Allez, on se lève !

Les deux héros se levèrent, s'étirèrent et prirent la porte de sortie.

Au cœur de la sombre et sordide forêt de Mystéria, intrigante, Cédric, Liam et Ethan, se tenaient debout, à l'affût du moindre bruit, prêts à se battre. A l'opposé du bois, Mustapha et Stan cherchaient de leur côté les bêtes. Ils avaient pour mission de capturer les loups garous, sans se faire mordre ou griffer et d'essayer de les convaincre de changer.

L'équipe était chargée de retrouver Mr Lucas car ils étaient persuadés que c'était l'un des loups. L'autre moitié de l'équipe était de patrouille pour protéger les habitants des vampires ou autres monstres.

Alors qu'il se tenait toujours debout, les yeux fermés, pour mieux écouter, Cédric entendit des bruits de pas qui avançaient doucement vers lui.

— Je crois qu'il y en a un ! s'écria Liam à voix haute.

Cédric lui fit signe de se taire et ferma de nouveau les yeux jusqu'à ce qu'il entende plus distinctement le bruit des pas dans les feuilles. Il se retourna tout à coup, sortit un pistolet de fléchettes tranquillisantes et visa droit devant lui. Liam éclaira dans sa direction ce qui leur permit de constater qu'il s'agissait bien du plus féroce des deux loups. Ce dernier esquiva la flèche avec agilité et essaya de repousser son agresseur d'un violent coup de patte. Le jeune homme réussit heureusement à se tenir hors de sa portée. Le loup courut droit sur eux, bave au museau et tenta de les mordre. Grâce à leurs pouvoirs, les Protecteurs réussirent à se protéger comme ils pouvaient. Ils tentèrent alors la ruse ; alors que Liam et Ethan essayaient de l'appâter, Cédric tenta pour la seconde fois de l'atteindre avec une flèche tranquillisante mais le loup garou parvint de nouveau à esquiver. Il se jeta sur Cédric qui fit tomber son arme à terre ce qui permit au loup de la fracasser d'un coup de patte.

En général, traquer des monstres, aussi sauvages furent-ils, étaitplutôt facile pour eux : une bagarre, le monstre était tué et fin de l'histoire. Or, là, il s'agissait de loups garous et comme l'avait expliqué Sabrina le loup dépendait de l'humain qui l'habitait. Il pouvait être bon. On ne le tuait qu'en dernier recours. Après quelques minutes à jouer au chat et à la souris, le loup garou, agacé de ne pas parvenir à attraper ces victimes, sembla atteint de tournis et il préféra prendre finalement la fuite. C'était le deuxième gros problème, déjà qu'ils ne pouvaient pas le tuer avant de connaître son identité mais en plus ces bêtes étaient sacrément rapides, agiles et très douées pour se dissimuler. Alors que Cédric courait à toute allure dans la forêt, sautant d'arbres en arbres afin d'éviter les coups de gueule que la créature tentait de lui infliger, le garçon eut l'idée de jeter un immense filet sur son l'ennemi. Celui-ci se prit aussitôt les pattes dedans.

Stan, qui avait rejoint le groupe, parvint à bloquer le loup au sol à l'aide de son pouvoir de télékinésie. Mais l'immense créature qui était très forte elle aussi, se débattit et fit exploser le filet dans lequel elle était retenue. Stan dût l'immobiliser de nouveau à l'aide de son esprit en l'aplatissant au sol. La créature dût faire preuve d'un effort incroyable pour réussir à s'échapper à nouveau.

— Il est très fort ! s'écria Stan.

— Merci, j'avais remarqué ; c'est tellement incroyable, quasi mystique ! répondit Cédric.

Alors qu'un hurlement, celui d'un autre loup garou résonnait dans la forêt, Cédric ordonna aux deux apprentis :

— Ça vient de l'autre côté du bois ! Liam, Ethan allez rejoindre Mustapha ! Stan et moi, on s'occupe de celui-là !

Les garçons s'exécutèrent aussitôt.

Deux Maîtres contre un seul loup, c'était trop facile habituellement et pourtant la situation semblait leur échapper complètement. L'immense loup noir qui jusqu'à maintenant se déplaçait à quatre pattes, s'était dressé, debout devant ses deux ennemis. Il était immense, le pistolet à fléchettes tranquillisantes ayant été cassé, comment allaient-ils parvenir à le maîtriser sans le blesser, mais aussi sans être atteints eux-mêmes. Ils ne tenaient pas à devenir des loups garous à leur tour. Alors que le loup s'approchait d'eux lentement, le regard féroce, Stan tenta de l'aveugler à l'aide de sa torche ce qui provoqua la colère de l'animal. Il arracha une énorme branche d'arbre, dressée entre lui et les deux Maîtres. Stan le fixa afin de le maîtriser avec son pouvoir mais il n'eut pas le temps d'y parvenir car le loup le frappa violemment. Il se retrouva plusieurs mètres plus loin, heureusement juste sonné.

Évidemment, il se releva aussitôt mais le loup détallait déjà à toute vitesse. Cédric se précipita dans la même direction afin d'essayer de le rattraper, suivi de Stan, à peine remis. Ils avaient beaux être rapides, le loup l'était tout autant qu'eux. En plus, il leur mettait des obstacles sur leur chemin, retardant ainsi ses poursuivants. A un moment, il s'arrêta net, ouvrit son immense gueule face à Cédric qui se sentit impuissant car il n'était pas autorisé à le blesser. Stan réussit enfin à figer le loup sur place, mais ce dernier le fixait intensément et Stan pouvait sentir sa force. Il luttait un peu comme s'il combattait un vieux vampire. Le loup mit toute sa force à sortir de son emprise et lui donna un gros coup de patte. Stan réussit à esquiver mais il fut à deux doigts de se faire griffer. Puis le loup garou se jeta sur Cédric et tenta de le mordre. Le Maître évita lui aussi les morsures mais cela devenait trop dangereux. Alors que Cédric songeait à le tuer, Stan qui comprit son intention, lui demanda de ne pas céder à la tentation. Le loup poussa un hurlement puis il prit de nouveau la fuite. Au même moment, un homme cria :

— A moi ! Au secours !

— Suis la voix ! Je traque le loup !

Alors que Stan se précipitait vers la voix en détresse, Cédric tenta de poursuivre le loup, mais ce dernier étant plus rapide, il réussit à lui fausser compagnie.

Chapitre 9
Les masques tombent

La lumière du jour entra dans la pièce, je m'extirpai doucement de mon sommeil. J'eus le réflexe de poser la main à la place de Benjamin et constatai qu'il s'était levé. Les yeux toujours fermés, à l'écoute de ce qu'il se passait autour de moi, j'entendis la voix de mon chéri qui provenait du balcon. Je sentis alors l'odeur de cigarette arriver jusqu'à moi et je recouvris mon visage avec la couverture. Encore à moitié endormie, je parvins à entendre la conversation de Benjamin.

« Sérieux ? Clément ? Le mec qui joue au foot avec nous les dimanches ? Celui qui allait à la fac à côté de Mystéria ? »

Je me concentrai sur la voix, tout en luttant pour ne pas me rendormir.

« Il a été retrouvé mort dans les bois ? Complément mutilé ? Avec un bras en moins ? ... Hum hum… Ouais, c'est chaud ! Un animal sauvage ! Mais quel animal dans les bois de Mystéria ? Hum hum… ouais ouais… Nan, là je suis avec ma meuf… Ouais mec, on se rappelle. »

Il coupa la conversation, puis mit de la musique sur une petite enceinte. La chanson me donna la pêche et me motiva à me lever. Je m'assis dans le lit puis après m'être frotté les yeux et m'être bien réveillée, je réalisai que Benjamin venait de parler d'un mort au téléphone. Un jeune de la ville, tué par un animal sauvage. C'était évident que c'était le loup garou. J'allumai mon biper en vitesse et constatai qu'il y avait un message de Stan :

« Nous avons eu une nuit bien chargée. Damien et Ophélie ont croisé le loup gris dans les bois mais n'ont pas réussi à l'avoir. Nous avons patrouillé toute la nuit avec Cédric. Liam et Ethan ont été confrontés à l'un d'eux, le mauvais mais il était extrêmement rapide, il leur a faussé compagnie, lui aussi. La situation s'aggrave, il y a eu deux morts cette nuit, un campeur et un étudiant. On se voit comme prévu à l'hôpital pour rendre visite à Océane, à 9h... Nous verrons ensemble pour établir un plan ».

Je l'éteignis de suite après avoir lu le message et le cachai entre mes vêtements à l'intérieur de mon sac. Je jetai un œil à la pendule, il était 8h. Il me restait une heure avant d'aller rejoindre les autres à l'hôpital. Je fis un saut à la salle de bain afin de me rincer le visage, me brosser les dents et ensuite je rejoignis Benjamin sur le balcon. Il était accoudé à la barrière. Il regardait au loin. Je m'approchai tout près puis l'enlaçai tendrement.

— Salut toi, j'espère que je ne t'ai pas réveillée ? T'as bien dormi ?

Je retournai dans la chambre pour attraper son gros pull qui
embaumait son parfum dont j'étais accro. Je m'installai sur le petit transat juste à côté de lui et répondis :

— Ouais, bien dormi. J'étais tellement bien…

— Moi aussi… C'est dingue, il ne s'est rien passé, on a juste dormi l'un contre l'autre mais c'était la plus belle nuit de ma vie.

Touchée par ce que je venais t'entendre, je baissai les yeux timidement puis changeai de sujet :

— C'était qui au téléphone ?

Il but une gorgée de son café, me regarda avec un air à la fois triste et grave puis me répondit :

— C'était un pote… Il s'est passé quelque chose d'horrible cette nuit bébé… Un mec a été tué… Il a été retrouvé complètement mutilé avec un bras arraché… C'est hyper zarbi…

Je me levai, légèrement nerveuse puis répondis en essayant de ne pas faire de bourdes :

— Euh zarbi oui et non… Y a des animaux sauvages dans les bois de cette ville, c'est probablement des loups… C'est triste mais ils sont dans leur élément, c'est dangereux d'aller se promener dans les bois en pleine nuit…

— Nan mais attends ; se faire attaquer, mordre, c'est une chose mais se faire déchiqueter le bras…

— Euh… Bah c'était probablement une meute.

Notre conversation fut interrompue par la sonnerie de son téléphone. Il me fit un petit sourire comme pour s'excuser, puis décrocha :

« Yo ! Bien et toi ? Ouais, tranquille ? Ouais, ouais, je suis prêt pour ce soir ! On va leur mettre une raclée aux gars de Douais. »

Bon sang ! Il parlait du match de foot qui avait lieu le soir même, accompagné des majorettes qui dansaient et s'affrontaient comme chaque année. Ma grande sœur, son mari et sa fille n'allaient pas tarder à arriver à la maison.

« Ça marche, on fait comme ça. On se retrouve au stade. Salut. »

Il partit en direction du coin-cuisine pour me préparer un cappuccino qu'il me posa sur la petite table du balcon, à côté d'une petite assiette qui contenait un croissant et un pain au chocolat.

— Waouh ! c'est pour moi ?

Il écrasa sa cigarette dans le cendrier puis me répondit avec son petit sourire charmeur :

— Ouais, j'ai été les chercher pendant que tu dormais. Je voulais pas te réveiller, on aurait cru voir un p'tit ange !

Je pouffai de rire puis répliquai après un laps de temps :

— Oh t'es trop mignon ! mais… Un peu mytho sur les bords quand même !

Il se marra à son tour, m'embrassa sur le front puis finit de se préparer. J'engloutis mon déjeuner, puis allai me préparer en vitesse moi aussi.

Plus tard dans la matinée, devant l'hôpital de Mystéria.
Après avoir accompagné Benjamin jusqu'au stade où il devait y retrouver ses amis pour l'entraînement, je fonçai à l'hôpital pour y retrouver Stan, Ethan, Liam, Alison, Juliette ainsi que Damien et Grimiyo qui était déguisé afin que personne ne devine qui il était vraiment.

— Salut tout le monde… Les choses commencent à se gâter d'après ce que j'ai compris…

— Effectivement, deux morts… Un jeune étudiant ainsi qu'un campeur…Un homme d'une soixantaine d'année …mutilé aussi… Jusqu'à maintenant durant les patrouilles, on ne trouvait que des carcasses d'animaux morts, cela était plutôt rassurant, ils ne se nourrissaient que d'animaux mais …

— Ils commencent à s'attaquer aux humains… Faut faire quelque chose ! s'écria Juliette.

Liam enchaîna :

— Ça ne va pas être aussi simple. On a enfin aperçu l'un d'eux hier avec Cédric, Stan et Ethan. On l'a pourchassé mais ce salopard était hyper rapide et très agressif… On a vraiment manqué de se faire mordre à plusieurs reprises… Ce qu'il nous faudrait pendant les patrouilles, c'est…

Tout le monde se tourna vers moi.

Je les regardai bêtement sans comprendre pourquoi. Stan me contempla puis ajouta :

— Et bien, tu possèdes le don de te déporter dans les airs Lou ? Cela peut nous être vraiment utile. Nous allons organiser un plan d'attaque pour ce soir. Nous allons nous réunir en vitesse à l'Agence après avoir visité Océane et après avoir hypnotisé le témoin qui était avec le jeune Clément.

Sur ses mots, nous nous rendîmes à l'intérieur du centre hospitalier, direction le service de médecine où était hospitalisée notre voyante. Arrivés devant la porte, l'infirmière nous invita à nous mettre du gel hydro alcoolique sur les mains puis à mettre des masques chirurgicaux. Nous pénétrâmes dans la chambre, j'aperçus Océane qui était couchée dans son lit. Elle portait un masque, elle aussi. Elle était perfusée pour les médicaments et avait vraiment l'air mal en point. Ethan s'approcha doucement, nous faisant signe de rester au fond pour éviter tout risque de contagion. Il déposa un ravissant bouquet de fleurs sur sa table de nuit puis la salua. Notre amie se redressa du mieux qu'elle put, elle baissa son masque quelques seconde le temps d'un faible sourire avant de prendre un air triste et de laisser échapper une larme sur son visage.

— Je les ai vus… les morts qu'il y a eu cette nuit… Je m'en veux terriblement…

Ethan s'approcha d'elle puis lui répondit très sérieusement :

— Hé ! tu n'as pas à culpabiliser Océ. Tu es encore jeune, tu ne maîtrises pas encore tes pouvoirs !

— Il a raison Océ, tu sais bien que quand tu auras atteint l'âge de la maturité, ce sera bien différent. Actuellement, tes émotions ou ton état de santé peuvent perturber tes visions. A ton âge, c'est bien normal ! ajouta Stan.

— Oui et puis pense à toutes les vies qui ont pu être sauvées grâce à toi… ajouta Liam.

Malgré nos encouragements, notre malade avait l'air toujours aussi attristée. Elle se rallongea puis ferma les yeux, l'air épuisé. Elle s'excusa avant de nous faire une nouvelle révélation :

— J'ai vu les chercheurs d'embrouilles dans ma vision, très tôt ce matin… et après j'ai vu les deux morts…

— Qui ça ? demanda Liam intrigué.

— Les deux drôles de types qui squattent les bois de la ville et s'embrouillent avec tout le monde…

— Ah mais les marginaux en cuir à deux balles ! Tiens ça me fait penser qu'on ne les a pas encore croisés lors des patrouilles dans les bois ! Probablement trop occupés à foutre la merde en ville ! dit Damien.

— C'est peut-être les prochaines victimes ! dit Alison.

Océane qui paraissait déjà épuisée par ses efforts pour communiquer, nous expliqua que les médicaments lui donnaient des somnolences. Elle s'excusa, nous remercia pour notre visite puis s'endormit.

Nous nous dirigeâmes ensuite vers la chambre du jeune ami de Clément qui avait été témoin de l'agression de son camarade. Il n'avait aucune égratignure mais il était toujours en état de choc. Seuls, Grimiyo, Stan et moi entrâmes dans la chambre. Les autres partirent au distributeur. Le jeune homme, couché dans le lit, avait l'air d'un fou dans un asile. Il nous regardait l'air terrifié. Stan s'approcha puis prétexta que nous faisions partie d'une association qui organisait des battues d'animaux sauvages. Nous venions l'interroger afin d'obtenir des informations. Il nous expliqua qu'il avait vu un énorme loup, de la taille d'un ours, attaquer son ami, que lui-même avait réussi à blesser le loup en le frappant avec une branche au niveau du nez, que l'animal lui avait foncé dessus mais que son attention avait été attirée par des mecs qui sautaient d'arbres en arbres. Il parlait de Cédric et Liam. Il en savait vraiment trop. Grimiyo finit par l'hypnotiser puis nous quittâmes la chambre.

Alors que je m'arrêtais à une fontaine à eau pour me servir un verre, quelqu'un me bouscula violemment. Je levai la tête et reconnus l'homme qui nous avait agressés le soir du concert. Un détail capta mon attention, il avait un énorme pansement au niveau du nez. Il me regarda d'un regard noir avant d'être appelé par son ami, le même qui l'accompagnait le soir du concert...

— Allez, amène-toi, tu vas pas te faire remarquer ici !

Puis il rejoint son ami et ils prirent de chemin de la sortie. J'eus alors l'impression de me prendre une claque dans la figure et je laissai tomber mon verre d'eau par terre.

Mes amis qui m'avaient rejointe me regardèrent l'air surpris.

— C'est eux... lâchai-je bêtement.

Stan me regarda, étonné, baissa les yeux et constata que mon gobelet en carton était par terre.

Je regardai autour de moi, me servis de mon pouvoir pour remettre l'eau dans le verre puis m'expliquai :

— C'est les marginaux, les loups garous !

— Quoi ? Explique..., demanda Liam.

— Ils ont déboulé en ville et c'est là que tout a commencé ! L'un d'entre eux est un vrai con qui embrouille et agresse tout le monde, c'est lui le mauvais loup garou et vous avez remarqué ?.. Son pote le suit partout comme un petit chien et il a l'air beaucoup plus gentil. Et ce qui me fait penser que c'est bien eux, c'est que je viens de les croiser et que le chercheur d'embrouille avait un gros pansement sur le pif. Comme par hasard, pile là où le témoin, hier, dans les bois, a frappé le loup !

— Oh, putain ! laissa échapper Ethan.

— C'est eux ! C'est eux, je vous dis ! Et c'est pour ça qu'Océane les a vus dans sa vision !

— Ça colle carrément, mais euh, ton prof d'anglais ? Vous l'avez quand même vu récupérer des grosses chaînes et de la viande fraîche ! Ça m'étonnerait que ce soit un hasard … ajouta Juliette.

— C'est vrai que c'est bizarre… Il était au concert avec nous le soir de l'attaque donc… j'en sais rien moi, il a peut-être été mordu… et les chaînes, c'était pour s'attacher et la viande pour éviter de bouffer des gens ou peut-être qu'il sait quelque chose sur les loups garous, il faut continuer à enquêter sur lui en tout cas !

— Très bien ! Changement de programme ! Ethan et Liam, vous allez filer les marginaux, les retrouver, les espionner discrètement et nous tenir au courant sur biper. Transmettez-nous les infos intéressantes. Si c'est bien eux, nous allons mettre au point un plan pour les capturer avant que la nuit ne tombe. Orphée et Yann se chargeront du périmètre de sécurité pour la fête des majorettes en cas d'attaque de vampires. Il ne faut pas les oublier, ils sont toujours actifs. Quant à Mathieu et Charlène, ils seront chargés d'aller enquêter sur Mr Lucas.

— Et moi qu'est-ce que je fais ? demandai-je.
— Lou, tes sœurs ne vont pas tarder à arriver chez tes parents. Va donc profiter d'eux ! Reste en alerte, nous auront sûrement besoin de toi. De toutes manières, on se tient au courant sur les biper !

J'avais une impression de déjà vu, la fête des majorettes et les problèmes. J'hésitai un moment puis finis par dire :

— Ça marche !

Sur ces mots, je saluai mes amis et pris le chemin de la maison.

Chapitre 10
La fête des majorettes

Après avoir laissé mes amis devant l'hôpital, je me rendis directement à la maison devant laquelle étaient garées les voitures d'Isabelle et Christophe, ainsi que celle de Cyril et Nina, juste à côté. A peine le seuil franchi, je fus accueillie par Emma qui se jeta dans mes bras.

— Tata Lou ! Tata Lou !

Envahie de joie, je la soulevai dans les airs sans faire le moindre effort :

— Hey ! Salut ma princesse ! C'est fou ce que tu as encore grandi !

Je la déposai au sol, avançai jusqu'à la salle à manger où étaient installées Isabelle et Nina, à côté de Léa et Evan qui faisaient des dessins. Me voyant arriver, Nina se leva aussitôt pour me saluer, suivie d'Isabelle, toujours plus réservée mais tout aussi contente de me voir :

— Salut frangine ! Ça a été ta soirée avec ta copine ?

Je réfléchis un moment, ne comprenant pas sur le coup :

— Tu n'as pas dormi chez ta copine Lorry ? demanda Nina.

— Ah… Si. Ouais, ouais, ça a été. Et vous la route ?

— Une horreur, les enfants n'ont fait que se chamailler ! Je les aurais bien largués sur une aire d'autoroute !

— T'as vu comme elle est méchante ? se moqua Isabelle en s'adressant à moi.

— Méchante ? Nan, réaliste ! se défendit Nina.

Après avoir embrassé Léa et Evan, je filai en direction de la cuisine pour me servir dans le frigo.

— Mais qui vois-je ? L'amour de ma vie !

C'était Cyril.

— Mon beauf préféré ! dis-je en me jetant dans ses bras. Nos retrouvailles furent interrompues par les bougonnements de Christophe :

— Merci pour moi !

Je laissai Cyril pour aller saluer Christophe :

— Roh, ça va boude pas, toi aussi je t'adore ! Monsieur Christophe, Pascal Thomas !

Il sourit un court instant avant de déposer le journal sur la table et de poursuivre :

— Vous avez vu ça, deux morts retrouvés à Mystéria.

— Quand je vous dis qu'il craint votre bled ! continua Cyril.

Mon estomac se noua aussitôt. J'essayai de changer de sujet tout de suite.

— Waouh, vous avez acheté de quoi faire une raclette, trop cool ! Je vais ranger les courses et commencer à mettre la table !

— Mais Lou, il est à peine 11h, s'étonna Nina qui entrait dans la pièce.

— Il n'est jamais trop tôt pour une raclette !

Mes parents débarquèrent dans la cuisine à leur tour, les mains chargées de sacs de courses. Eddy qui leur emboîtait le pas, s'adressa à moi :

— Salut ! Je t'ai laissé les pacs d'eau !

Cyril s'avança puis dit à Eddy en plaisantant :

— Nan mais oh ! Portes-les toi-même, t'es un homme ou pas ?

Eddy qui commençait à ranger les courses, répondit à son beau-frère en souriant :

— T'as jamais entendu parler de l'égalité des sexes ?

Christophe qui venait de s'ouvrir une bière, éclata de rire, avant de dire sérieusement :

— Je vais les chercher !

— Nan, j'y vais c'est bon ! répondis-je.

Je sortis et me dirigeai vers le coffre de la voiture, attrapai les 4 pacs d'eau sans efforts puis les rapportai dans la cuisine, épatant toute ma famille. Eddy, qui essayait d'ouvrir un bocal de cornichons avec difficulté, se mit à ronchonner :

— C'est quoi ce mécanisme à la con ! Cyril, tu peux ?

Cyril essaya mais n'y parvint pas. Je pris alors le pot et l'ouvris facilement puis le tendis à mon frère.

— T'as raison petit frère, les temps ont changé, les femmes sont plus badasses que les hommes !

Alors que je profitais tranquillement de cette bonne ambiance, je sentis mon téléphone vibrer. Je le sortis et vis un message.

C'était Fortuna.

« Salut, j'espère que tu vas bien ? Moi, c'est pas la forme, j'ai besoin de parler… On peut se voir en début d'aprèm ? »

Je fus surprise. Je ne connaissais pas encore vraiment Fortuna et jusqu'à maintenant, elle me semblait toujours joyeuse et souriante. Son message m'inquiéta un peu. C'est pourquoi je lui répondis :

« Pas de problème, on peut se voir après le défilé, au stade, j'avais prévu de retrouver mon copain là-bas. On pourra discuter. »

J'en profitai pour jeter un œil à mon biper et il y avait un message de Liam :

« On a trouvé les emmerdeurs. Nous les suivons. Gab nous a rejoint pour lire leurs pensées et tu avais raison, Lou, c'est bien eux. On les file. On vous tient informés ! »

Bonne nouvelle ! Je ne m'étais pas trompée, nous avions trouvés les loups juste avant la fête et ils étaient sous surveillance. C'est l'esprit beaucoup plus tranquille que je pus savourer les instants avec ma famille.

Nous mangeâmes tous ensemble, admirâmes les démonstrations de danse d'Emma et Léa et enfin, nous nous préparâmes tous pour la fête. Dès que l'heure du défilé fut venue, nous prîmes la direction la salle polyvalente qui était le point de départ.

Nous attendîmes un bon moment que tout le monde arrive. Un gros car arriva laissant descendre les majorettes de Montargis en tenues violettes puis un autre car avec les majorettes de St Le Noble en tenues bleues. Les majorettes de Mystéria, qui étaient déjà sur place, attendaient. Une fois tout le monde réuni, les majos se mirent en place, entre-calées par la fanfare et le défilé put commencer. J'eus un petit pincement au cœur en pensant à Océane qui ne pouvait pas y participer cette année.

Devant le défilé, ma mère était toute fière, filmant ses petits-enfants, la larme à l'œil. Nina aussi était fière. Cyril filmait. Quant à mon père et Christophe, ils étaient en train de se mettre d'accord pour aller s'asseoir à proximité de la buvette. Nous arrivâmes enfin devant le stade près duquel se trouvait une petite place. Il y avait de jolies décorations pour la fête ainsi qu'une sorte de mini-fête foraine avec quelques manèges pour les enfants et des stands alimentaires. Tout le monde se dispersa et rejoignit les familles. Cette année, les concours de danses étaient prévus dans l'après midi et le match pour la soirée. Il restait donc une bonne heure avant que ça ne commence. J'en profitai pour aller rejoindre Benjamin qui étaient avec ses copains, près du stade de football. Je m'approchai et fus dégoûtée lorsque j'aperçus Jennifer, Estelle et Lylie à côté de lui. Me voyant arriver, Ben, surpris, eut le réflexe de regarder ses amis, ceux-ci souriaient. J'avais l'impression qu'ils se moquaient de moi. Nassim, lui me salua gentiment :

— Salut Gallagher, ça va ?

— Ouais, tranquille et toi ?

— En forme.

— Salut, me dit gentiment Benoît.

Brice et Anthony se sentirent bêtes et me saluèrent à contre cœur.

Les pestes quant à elle, ne bronchaient pas mais riaient entre elles. Ben s'approcha de moi et mit son bras autour de mon cou, avant de m'embrasser sur le front.

— Alors tes petites nièces vont danser ? me demanda Ben.

— Ouais, elles sont trop belles dans leurs petites tenues !

Nous fûmes interrompus par les filles qui avaient l'air de se foutre de moi, au point que ça devenait gênant. Benjamin leur jeta un regard noir. Vexée, Jennifer se leva puis se permit de dire :

— Bon, nous on bouge, ça chlingue par ici.

Brice et Antony étant les petits amis de Lylie et Jennifer, ils se précipitèrent à leurs trousses comme des petits toutous.

Estelle qui n'était pas encore partie se leva, dégoûtée de voir son ex-copain avec moi puis se permit de dire avant de partir

— Bon ! J'y vais moi aussi ! Quand tu auras à nouveau de bons goûts en matière de meuf, tu viendras me voir !

Benjamin se leva furax, se dressa devant elle et lui dit en colère :

— Cette fois tu dépasses les bornes ! Vas-y, dégage pouffiasse, je rigole pas avec toi, moi !

A la limite de pleurer, elle tourna les talons. Nassim me regarda gentiment puis me consola :

— Les écoutes pas, te prends pas la tête Lou.

A l'instar de Nassim, Ben me consola et s'excusa.

— Je devrais peut-être y aller… je voulais pas gâcher l'ambiance…

Je commençai à me lever mais Benjamin me retint par le bras puis me dit avec calme de douceur :

— Nan attends, laisse tomber, tu les connais…

— Nan mais là, c'est abusé, elles ont quel âge ? Les rares fois où je viens te voir et qu'elles sont là, elles ne font que me provoquer !

— Tu te prends trop la tête, sérieux !

— Quoi ? Moi, je me prends la tête ? Moi, mes potes t'ont bien intégré dans la bande et ça, malgré la résistance qu'ils avaient envers vous. Seulement voilà, ils ont été assez matures et réfléchis pour apprendre à te connaître…

— Je sais Lou mais tu compares tes potes avec Jennifer, Lylie et Estelle quoi !

— Si tu les méprises tant que ça alors pourquoi tu traînes encore avec elles ? Je vois bien qu'Estelle est encore dingue de toi !

— Bébé, on va pas s'embrouiller là maintenant !

Je me tus un instant, regardai autour de moi et aperçus Fortuna au loin et là je me souvins que l'on devait se voir. J'adressai un petit sourire à Benjamin afin de lui faire comprendre que je n'étais pas fâchée, avant de tourner les talons. Il me rattrapa, me caressa le visage puis me souhaita une bonne après-midi. Fortuna me regardait avec insistance comme si elle hésitait à me rejoindre. Je me dirigeai donc vers elle. Elle me salua la première :

— Salut Lou, j'espère que je ne vous ai pas interrompus…

— Ouh lala non, t'inquiète. On était en train de se prendre la tête ! lui avouai-je sur un ton ironique afin de la rassurer.

— Ah, je connais ça… Les mecs, ça craint parfois.

— Ouais, ça tu peux le dire.

— Pourquoi vous vous êtes pris la tête si c'est pas indiscret ?

Alors que nous commencions à marcher, je poursuivis la conversation :

— Oh c'est compliqué... Ses amis ne m'aiment pas, et c'est réciproque. Et toi alors, qu'est ce qui ne va pas ?

Elle haussa les épaules, baissa les yeux avant de me répondre :

— C'est compliqué aussi... C'est mon ex-petit-ami, je l'ai quitté y a pas longtemps mais il veut absolument qu'on se remette ensemble...

— Et pourquoi tu ne lui laisses pas une chance ?

— Parce qu'on est pas du tout sur la même longueur d'onde. Il voit les choses d'une manière et moi c'est tout l'inverse. J'ai fait pas mal de sacrifices pour lui, à condition qu'il change et qu'il fasse des efforts pour que nous puissions avoir les mêmes objectifs et avancer dans la même direction mais il est trop borné. Donc, j'ai fini par laisser tomber...

— Mais tu l'aimes encore ?

— Honnêtement non, il me déçoit de plus en plus... Il ne devrait pas rester en ville encore très longtemps, je serai soulagée quand il sera parti !

— En attendant, tu as besoin de te détendre et de penser à autre chose ! Ça te dit un beignet au chocolat ! Je sens l'odeur des stands jusqu'ici !

Un grand sourire s'afficha sur son visage, elle me prit par le bras et m'entraîna vers le stand :

— Tu lis dans mes pensées !

Nous courûmes vers les stands. L'odeur des gaufres, beignets, crêpes, chichis et autres gourmandises recouvertes de chocolat nous mettaient l'eau à la bouche.

— J'ai envie de tout manger ! dit-elle en scrutant la petite vitrine.

— Moi aussi ! Bon, allez, je prends une gaufre au chocolat et toi ?

— Une pomme d'amour ! C'est moi qui t'invite par contre ! Attends.

Alors qu'elle s'apprêtait à payer le vendeur je me mis à fouiller ma poche, en sortis un billet de cinq euros et répliquai :

— Nan, attends, laisse-moi payer. Tu m'as déjà offert un café l'autre fois au bar !

— C'est bon, je te dis ! Ça me fait plaisir !

Alors qu'elle tendait son billet au vendeur, je lui tendis le miens aussi.

— Prenez-le mien monsieur ! demandai-je en souriant au vendeur.

Fortuna me poussa le bras et tendit son billet à nouveau :

— Non ! Le mien !!

Tandis que je tendais la main avec mon billet, elle grogna puis fit semblant de me mordre la main.

Le vendeur, plutôt jeune, mignon, amusé par le spectacle nous adressa un charmant sourire avant de répondre :

— C'est la première fois que je vois deux clientes qui se battent pour payer ! En général, c'est plutôt le contraire ! Alors, je prends lequel ?

Fortuna lança son billet en l'air en direction du vendeur, celui-ci le rattrapa avant qu'il ne s'envole puis l'encaissa et lui rendit la monnaie.

L'air boudeur, je dis en ronchonnant :

— Alors toi, t'es incroyable, une vraie dingue !

Elle me sourit, puis me dit :

— T'inquiète pas, je suis un peu folle mais je ne mords pas !

Nous nous mîmes à marcher, tout en plaisantant au sujet du vendeur et elle m'avoua qu'elle le trouvait mignon. Pour la taquiner, je lui fis remarquer que le jeune homme sur qui elle avait envoyé la balle dans le bar était encore plus beau, et que franchement elle avait tendance à attirer les beaux gosses. Nous bavardâmes longuement et je ne vis pas le temps passer avec elle. La fin de l'après-midi approchait. Soudain le biper sonna, c'était un appel de Mathieu. Je m'excusai auprès de Fortuna et m'éloignai pour répondre :

— Yo !

— Lou, on a fait fausse piste pour Lucas.

— Explique !

— On vient de sortir de chez lui avec Charlène. On a prétexté qu'on n'avait pas compris le cours. Bref, il a un gros american staff. La morsure, c'était le clébard, il lui donne que de la viande. Quant à la grosse chaîne, c'était tout simplement pour l'attacher quand il reçoit du monde.

— Bon… C'est plutôt rassurant… Et toujours pas de nouvelles d'Ethan et Liam ?

— Cédric et Stan les ont rejoints, ils vont les choper, leur tirer dessus avec des fléchettes tranquillisantes et les amener à l'Agence. La meilleure amie de Sabrina, Mya, sera bientôt là, elle saura quoi faire.

— Ça marche, bon bah, à plus tard !

Je coupai le biper, retournai auprès de Fortuna quand soudain une voix retentit dans un mégaphone, nous invitant à nous réunir vers la place car les danses allaient commencer. Ensemble, nous nous dirigeâmes vers le petit stand où se trouvait le jury qui allait officier comme chaque année. Les premières majorettes qui commencèrent à danser furent les filles de Douais. Léa était parmi elles. La chorégraphie était vraiment au top, elles étaient d'un excellent niveau. Chaque année, elles nous en mettaient plein la vue. Ensuite, ce fut au tour des filles de Mystéria puis de Montargis. Les résultats pour l'équipe gagnante étaient donnés juste avant le match.

— Tiens, tu es là petite sœur !

Nina venait tout juste de me rejoindre.

— Nina, je te présente Fortuna. Fortuna, ma sœur Nina !

— Enchantée !

La voix d'une jeune femme interpella mon amie au loin.

— C'est une collègue de boulot, on se voit plus tard ! Ravie de te connaître Nina ! Dit-elle avant de s'éloigner. Tandis que ma sœur et moi, nous nous apprêtions à rejoindre Isabelle près des manèges, j'aperçus au loin, Tom, Lorry, Jessica, Eddy et Mathieu et Charlène. Ils nous rejoignirent. Je restai cependant avec mes sœurs que je ne voyais pas beaucoup. Le reste de cette fin d'après-midi se déroula à merveille. Je passai un excellent moment en compagnie de mes sœurs et des enfants. Je leur offris des crêpes et fis même du manège avec eux. Evan gagna un poisson rouge au jeu de la pêche à la ligne et Nina bouda car elle n'avait pas envie d'avoir un poisson rouge à la maison. Elle n'arrêtait pas de dire qu'il allait finir dans le lac de Mystéria, ce qui nous fit rire avec Isabelle.

— Hé ! Vous êtes là ! nous lança Cyril en nous rejoignant.

— Christophe, n'est pas avec toi ? demanda Isabelle surprise.

— Non, à la buvette avec ton père.

Tandis que nous arrivions vers les stands de grappins, j'aperçus Benjamin et ses potes qui essayaient de gagner des peluches. Jennifer était à côté d'Antony et lui faisait un caca nerveux pour qu'il lui en gagne une en forme de cœur. Cyril se plaça devant une machine avec ses enfants puis lança une partie.

Quant à moi, je me plaçai devant une autre machine, toute seule. Je regardai de gauche à droite afin de m'assurer que personne ne m'observait puis me servis de mon pouvoir pour faire tomber une poignée de peluches dans la trappe. Il y avait, en tout, deux peluches Reine des neiges pour mes nièces et un Spider-man pour Evan. Je les leur apportai et ils se mirent à sauter partout en me remerciant.

— Waouh, t'as assuré Lou ! T'as dû mettre un paquet de pièces ! me félicita Cyril.

Je tournai la tête vers Ben. J'avais envie d'aller le voir, il me regardait aussi, je sentais que c'était réciproque.

— Ben, tu viens ? On doit aller se changer, le match va bientôt commencer !

Il me regarda, l'air tristounet, puis partit.

— Dis-moi petite sœur, c'est moi ou il y a quelque chose entre ce beau mec et toi ?

Je me tournai vers elle, remontai mes lunettes sur le nez comme je le faisais quand j'étais nerveuse et lui dis, style de rien :

— Quoi ? Qu'est-ce qui te fait dire ça ?

— Oh allez arrête, pas de ça avec moi ! J'ai vu comme vous vous faisiez le yeux doux ! Allez, raconte !

me supplia t-elle tout en se goinfrant de sa barbe à papa.

— C'est un pote, ne cherche pas !

Elle s'arrêta net et râla :

— Rohlala, t'es chiante ! Je me tape des bornes de Montargis jusqu'ici, y a un moment qu'on s'est pas vu, je m'attendais à ce que tu m'annonces que t'avais un mec !

— Arrête, on dirait maman ! Une vraie commère !

— Quand je te le dis ! ajouta Isabelle qui la charria.

— Isa ! Elle veut pas avouer qu'elle a un mec !

Isabelle la poussa sur le côté pour se placer devant moi puis s'adressa à Nina :

— Nina, c'est pas parce que toi, tu collectionnais les mecs que Lou est pareille. Il existe des filles qui ne pensent pas qu'à ça, tu sais ?

Nina engloutit son dernier morceau de barbe à papa et nous dit en riant :

— Bande de petites saintes ni-touche ! dit-elle avant de filer surveiller ses enfants qui commençaient à faire les fous.

La nuit allait tomber. Mon biper sonna. Je regardai en vitesse.

Liam :

« Nous avons réussi à choper le bon loup, il s'appelle Flavio. On a pu l'avoir quand il s'est retrouvé seul à son campement. Il est à l'Agence, on l'a mis dans une pièce sécurisée. Le deuxième, le pourri, s'appelle Damon, ce salaud est toujours au café. En principe, il ne se transformera pas en pleine lumière. Dès qu'il retournera dans le bois, on le coincera ! Profitez-bien du match, on gère la situation. »

— Le match va bientôt commencer, on va s'installer ? nous invita Cyril.

Nous quittâmes les jeux pour entrer dans le stade. Soudain une jeune femme qui marchait au loin attira mon attention. Alors que la foule se dirigeait vers le stade, elle emprunta un petit chemin qui menait dans la forêt. Je m'approchai puis constatai qu'il s'agissait de Fortuna. Mais qu'allait-elle faire dans les bois à cette heure-ci alors que la nuit allait tomber. La pensant en danger, je m'excusai auprès de mes sœurs, leur prétextai une envie pressante, je leur demandai de commencer à s'installer pour avoir de bonnes places et qu'on se retrouverait grâce à nos téléphones puis je m'éclipsai. Je tentai de localiser Fortuna qui s'était volatilisée à l'orée du bois. J'avançai, pas rassurée du tout, car je n'avais aucune arme et le mauvais loup-garou n'avait pas été neutralisé. Je me concentrai sur les sons que j'entendais. Je tendis l'oreille pour distinguer des bruits de pas, courus à vitesse surhumaine dans le bois dans leur direction et parvins à retrouver Fortuna et à la rattraper.

— Lou ! mais qu'est-ce-que tu fais ici ?

— Bah et toi ? Tu sais que c'est dangereux en ce moment dans le bois… Ça craint !

— Lou, je le sais, c'est pour ça qu'il faut que tu t'en ailles tout de suite ! Je ne plaisante pas…

— On est d'accord, allez viens voir le match !

— Nan, Lou, je ne peux pas ! Et toi, il faut que tu partes tout de suite, fais-moi confiance !

— Je comprends rien, pourquoi faudrait-il que je parte et pas toi ? T'es autant en danger que moi !

— Nan, je t'assure que… Oh non, ça va commencer…

Elle était penchée contre un arbre, se tenait au niveau du ventre comme une femme qui allait accoucher.

— Fortuna ? Tu ne serais pas enceinte ? Ça ressemble à des contractions !

Pendant que nous nous étions enfoncées dans le bois, la nuit était tombée, il faisait noir. Fortuna continua son chemin tout en gémissant à cause des douleurs. Je commençai à me faire du souci pour elle.

— Lou, je t'en supplie, il faut que tu partes maintenant.

Sa voix avait changée, elle était plus rauque. Nous arrivâmes devant une petite grotte. Une gigantesque pierre était à côté comme si c'était une porte qui pouvait rouler devant l'ouverture de la grotte. Je fus surprise d'y apercevoir Jean-François, son frère qui n'avait pas l'air en forme non plus. Je regardai en l'air. Entre la cime des arbres, je pus apercevoir la lune se montrer.

Je m'approchai de Fortuna, elle était accroupie, son gilet qui tombait avait légèrement glissé de ses épaules et je découvris qu'elle avait un tatouage… Il m'était familier… Exactement le même emblème que j'avais repérer sur les marginaux le soir où ils nous avaient bousculés.

Soudain, des souvenirs m'envahirent. Je revis Fortuna me dire qu'elle ne travaillait que la journée. Je la revis partir précipitamment du Hard Rock Café, avant la tombée de la nuit. Je la revis me parler de son ex qui la décevait, qui ne voyait pas les choses comme elle, qu'elle ne voulait pas la même vie que lui et je la revis me dire « Je suis un peu folle mais je ne mords pas !».

Je tournai la tête doucement vers la grotte, Jean-François s'était attaché avec des chaînes à l'intérieur, il poussait un cri effroyable et se transformait sous mes yeux en loup-garou. Physiquement, c'était le même animal que j'avais vu le soir du concert mais en beaucoup plus petit. Son poil était couleur crème avec une adorable petite houppette sur la tête, il avait l'air doux et son regard craintif.

J'aperçus une boite de somnifères sur le sol devant la grotte et plus loin de la viande. Je tournai la tête vers Fortuna qui était toujours contre l'arbre et comme son frère, elle poussa un hurlement tout en se transformant devant moi. La jolie jeune fille avait laissé place à la créature de la nuit. Elle se tenait devant moi, menaçante. Elle poussa un hurlement, celui d'un loup-garou. On devinait à la façon dont elle était dessinée que c'était une femelle : une louve au poil blanc, plus longs que les autres, les traits plus fins. Alors qu'elle avançait vers moi doucement, en grognant, je me mis à chercher un plan. Soudain la voix de Yann se fit entendre !

— LOU !

Il arriva juste à côté de moi, surpris et probablement apeuré par la créature qui avait remplacée mon amie. La louve fonça sur nous. Alors sans réfléchir, à l'aide de mon pouvoir de télékinésie, je fixai la louve qui se mit à voler dans les airs et je l'envoyai dans la grotte puis refermai l'ouverture avec l'aide de Yann en faisant rouler la grosse pierre devant. Ainsi fait, les deux loups furent emprisonnés.

Je repris mon souffle puis demandai aussitôt à Yann :

— Yann, qu'est-ce-que tu fais ici ? Comment t'as su que j'étais là.

— J'assurai la sécurité près du stade et je t'ai vu partir dans les bois...

Je ramassai la boite de somnifères qui était au sol.

— Je les connais, c'est Fortuna et Jean-François, son petit frère... C'est pas pour rien qu'on ne les avait jamais vus en patrouille... ils s'attachent et se bourrent de somnifères pour être sûrs de ne faire de mal à personne.

— On n'a pas deux loups alors mais une meute...

— Je pense que Damon est son ex petit-ami. Tout à l'heure, elle s'est confiée à moi au sujet de son ex, elle m'a dit qu'ils ne voyaient pas les choses de la même manière. Tout s'éclaire maintenant... Demain nous n'aurons pas deux, mais quatre loups.

— Et ça sera à eux de décider quel loup ils voudront devenir... Je ne me fais aucun souci pour ces deux là, me consola Yann.

Soudain nos biper sonnèrent.

Cédric :

« Damon a regagné le bois, il s'est transformé. On a réussi à lui tirer une fléchette tranquillisante mais il nous a faussé compagnie. La dose qu'on lui a injectée devrait pas tarder à le faire s'écrouler dans un coin. On le traque ! Il est vraiment incroyable ce gars ! »

Yann m'attrapa l'épaule, m'invita à sortir du bois, à retourner voir le match et à faire confiance à mes collègues. Nous nous retrouverions le lendemain matin à l'Agence. A peine remise de mes émotions, je l'écoutai et sortis du bois.

Chapitre 11
Fortuna

Ce fut vraiment compliqué d'agir comme si de rien n'était après avoir découvert que mes amis étaient des loups garous. J'avais du mal à réaliser mais je parvins à faire le vide et à en profiter quand même. Mes amis m'avaient rejointe au stade et nous regardâmes le match tous ensemble, avec ma famille aussi. Nous eûmes les résultats du concours de danse des majorettes. Cette année, les filles de Montargis furent les plus fortes et gagnèrent le trophée. L'équipe de foot de Mystéria remporta le match contre Douais. Je n'avais pas revu Benjamin qui avait marqué deux buts dans la soirée mais je l'avais félicité par message. Il me remercia par message également. Je le sentais distant mais j'avais d'autres chats à fouetter, enfin d'autre loups à fouetter…

Effectivement, le lendemain matin, après avoir passé une excellente matinée en famille, il fut temps pour mes sœurs de reprendre la route et pour moi d'aller travailler. Pour mes parents, j'allais chez Yann, comme d'habitude pour étudier mais en réalité je me rendis à l'Agence secrète.

En arrivant là-bas pour la relève, après avoir salué tout le monde, je découvris Fortuna et Jean-François. Ils étaient confortablement assis sur un petit fauteuil, avec des tasses de cafés à la main, cafés bien fumants qui me donnèrent terriblement envie d'y goûter.

— Non mais, c'est quoi ce favoritisme ? Y a qu'aux petits nouveaux qu'on sert le café ? envoyai-je avec un petit sourire en coin.

Fortuna tourna la tête, heureuse de me voir, posa sa tasse de café et courut dans mes bras.

— Je suis tellement contente que tu sois là… Sabrina nous a tout expliqué. Je sais pour cet endroit, pour toi… J'avais senti que tu étais spéciale…

— Bienvenue parmi nous, vous deux ! Et ne vous inquiétez pas, tout ira bien maintenant… Mais où est Flavio ?

Au moment où je posais la question, Flavio arriva, les cheveux mouillés, je compris qu'il sortait de la douche. Je le regardai, timidement, n'osant pas lui adresser la parole par peur qu'il ne me remballe. Finalement, il s'approcha puis me salua gentiment.

— Bonjour Lou…

— Salut… répondis-je calmement.

Soudain notre cuisinier débarqua joyeusement avec une tasse de café bouillant et demanda :

— Qui a demandé un café ?

— Moi !! répondis-je.

Il le déposa sur la table puis reprit :

— Pour les chanceux qui seront là à midi, ça sera tartiflette !

Mathieu qui était assis en train de lire un livre se leva l'air sérieux, la bave aux lèvres et s'empressa de dire :

— O.K pour moi. J'appelle mon oncle pour lui dire que je mange chez un pote à midi !

Il fut imité par Liam qui prit son téléphone et fit de même. Amusée, Fortuna se mit à rire.

— J'y crois pas Lou… Cet endroit, c'est… un paradis pour moi !

— Contente que ça te plaise ! Mais…

Je la pris par le bras, m'éloignai un peu puis le demandai :

— Mais comment réagit Flavio ?

Elle se tourna vers lui après avoir constaté qu'il parlait avec Stan et qu'il ne l'entendait pas et elle me répondit en chuchotant :

— Ça a l'air d'aller… Tu sais, il est comme JF et moi, il ne veut faire aucun mal aux humains…

— Mais Fortuna, raconte-moi… Comment cela vous est-il arrivé ?

Nous nous assîmes sur un petit fauteuil, puis elle me raconta son histoire…

Laissez-moi vous raconter l'histoire de Fortuna, de son enfance, de sa rencontre avec Damon et Flavio, comment elle est devenue loup-garou et comment elle a embarqué son frère là-dedans.

Fortuna est née en Italie, pays natal de son père. Elle y vécut ses premières années de vie jusqu'à l'âge de 4 ans. Mais un jour, elle dût quitter l'Italie pour suivre ses parents car sa maman désirait revenir vivre dans son pays d'origine, la France. Les deux parents s'y installèrent donc afin d'y élever leur fille ainsi que leur petit garçon, Jean-François. C'est dans le sud de la France qu'ils construisirent leur maison. Fortuna était une magnifique petite fille qui ne laissait personne indifférent lorsqu'il la croisait ; « Waouh, quelle jolie petite fille. Elle a de magnifiques yeux bleus ! Elle sourit tout le temps ! » En effet, elle avait toujours le sourire.

Les années passèrent et la petite fille devint une belle jeune fille, une adolescente au tempérament de feu. Elle était souvent en conflit avec ses parents comme toute adolescente mais elle avait, par contre, une relation très fusionnelle avec son frère.

C'était quand même une jeune fille au cœur tendre qui était très sensible et s'attachait facilement aux autres. Elle était généreuse et donnait beaucoup d'elle mais malheureusement, elle recevait rarement en retour. Elle était très fleur bleue et croyait dur comme fer à l'amour et au prince charmant. Elle écrivait des poèmes d'amour ou composait des chansons sur le sujet.

A l'âge de 15 ans, elle eut son premier petit ami, un garçon adorable, gentil et doux. Enfin, c'était ce qu'il voulait lui faire croire. Il la complimentait tout le temps, la mettait en valeur, lui promettait la lune et même le mariage. Il lui jouait le coup du garçon sensible et gentil et elle avait une confiance aveugle en lui. Elle lui donna donc quelque chose qu'il ne méritait pas… son corps et sa virginité. Il la quitta après avoir eu ce qu'il voulait, ce qui la blessa et l'affecta profondément. Il n'en resta pas là. Il publia des photos intimes sur les réseaux sociaux et tout s'enchaîna. Elle commença, suite à cette histoire, à être victime de harcèlement scolaire. Elle reçut sans cesse des menaces de mort, elle se fit insulter de tous les noms et avec son caractère, elle ne se laissa pas faire. Elle cassa la figure à une bande de filles qui la harcelaient, ce qui lui valut un renvoi. Elle ne fut plus autorisée à aller à l'école et ne voulut plus sortir de chez elle. C'est pourquoi ses parents, prirent la décision de l'envoyer étudier en Italie.

Là-bas, alors qu'elle était sensée étudier et avoir de bonnes fréquentations, c'est le contraire qui se produisit. Elle commença à voir de mauvaises personnes, à fumer, à boire... Elle se mit à fréquenter une fille qui s'appelait Marina et qui traînait avec des garçons plus âgés. C'est elle qui lui présenta Damon.

Damon était le prototype du garçon rebelle, bad boy, bagarreur, conduisant une petite camionnette blanche. Il l'émut beaucoup par le récit de son passé. Orphelins, son frère et lui avaient été trimbalés de foyers en foyers. Ils y avaient été maltraités, mal nourris et à leur majorité, ils s'étaient vite retrouvés à la rue. Et tout le monde sait que, comme dans le monde animal, c'est la loi du plus fort qui y règne.

Damon et Fortuna commencèrent à se fréquenter. Elle en tomba vite amoureuse et il prit beaucoup d'influence sur elle. Cependant, une chose était sûre, c'est qu'il avait des sentiments pour elle et que contrairement à son premier petit ami, il ne jouait pas avec son cœur. Le seul problème était son comportement violent envers les autres et sur ce fait, elle fermait volontairement les yeux et priait pour qu'un jour il change, comme le font beaucoup de femmes quand elles sont amoureuses. Elle mettait beaucoup d'espoir dans une évolution positive.

Lorsque ses parents apprirent qu'elle fréquentait ce genre de garçon à la réputation sulfureuse, avec un casier judiciaire bien rempli, ils décidèrent de la faire revenir en France. C'était le seul moyen de couper tous contacts avec lui. Cette séparation brutale fut un coup dur pour la jeune fille qui plongea dans une grosse déprime.

Pour supporter ça, elle eut son petit rayon de soleil, Jean-François, son petit frère de deux ans plus jeune. Il avait le don de lui redonner le moral et de la réconforter. Ils avaient toujours été très proches mais depuis son retour un lien encore plus fort s'était tissé entre eux. Ils écoutaient de la musique ensemble, regardaient des films, allaient à des concerts ou au cinéma. Jean-François était très réservé et n'avait pas d'amis. Il trouvait lui aussi du réconfort et de la joie dans cette relation.

Fortuna commença à se sentir mieux, elle arrêta de fumer, de boire mais Damon était toujours dans son cœur. Les années passèrent, elle devint majeure, libre de faire ce qu'elle voulait. Elle eut envie de prendre son autonomie en faisant de petits boulots. En parallèle, elle se découvrit une passion pour la pâtisserie. Elle rêvait d'en faire son métier, un rêve qu'elle avait en commun avec son frère. Ils s'amusaient à réaliser des gâteaux de toutes sortes et rêvaient d'ouvrir plus tard leur propre boutique.

Un beau jour, alors qu'elle ne s'y attendait pas, elle tomba sur Damon qui n'avait jamais cessé de la chercher. Folle de joie, elle retomba aussitôt dans ses bras et ils commencèrent à se voir en cachette. Tous les sentiments sincères qu'elle avait pour lui ressurgirent immédiatement. Alors que les mois passaient et qu'ils se voyaient toujours en secret, les choses devinrent plus compliquées. Elle savait que ses parents ne voudraient jamais d'un gendre comme Damon, bagarreur, fumeur, buveur. D'ailleurs, Damon lui proposait régulièrement de l'alcool et des cigarettes mais elle refusait systématiquement. Elle lui parla des projets professionnels qu'elle avait élaborés avec son frère mais il lui disait que ce n'était pas ça la vie, qu'il fallait vivre chaque jour comme si c'était le dernier, que la vie devait être une aventure. Elle présenta son frère à Damon et Flavio et ils commencèrent à sortir tout les quatre ensemble et à devenir même inséparables.

Fortuna était heureuse. Elle avait retrouvé l'amour de sa vie, elle se sentait bien avec Damon et elle appréciait beaucoup son frère, Flavio qui était adorable. Elle et son petit frère prirent la décision d'avoir une discussion avec leurs parents afin d'essayer de les convaincre d'accepter Damon mais ceux-ci refusèrent et une grosse dispute éclata. Une distance s'installa alors entre elle et ses parents.

Jean-François, qui lui aussi commençait à se forger son caractère, se disputait plus souvent avec ses parents, ne comprenant pas pourquoi ils refusaient de rencontrer Damon. Il avait conscience que sa réputation de bagarreur n'aidait pas mais pour lui son comportement était dû à son lourd passé et il était sûr qu'avec le temps cela s'arrangerait. De plus, il adorait Flavio, il le voyait comme un modèle, le grand frère qu'il n'avait jamais eu. Quant à Damon et Flavio, ils auraient eu ce qu'ils avaient toujours rêver d'avoir, une famille.

Un soir, alors qu'ils se baladaient tous les quatre, aussi discrètement que possible, comme d'habitude, Flavio suggéra à Damon :

— Et s'ils devenaient comme nous ?

— J'y ai déjà pensé mais…, répondit son frère avec hésitation.

— Mais de quoi vous parlez ? demanda Fortuna intriguée.

— Leurs parents ne t'accepteront jamais Damon et s'ils deviennent comme nous, on formerait enfin tous les quatre une famille, celle dont on a toujours rêvée…

On pourra continuer à faire ce qu'on fait, aller de bourgades en bourgades mais avec eux…

— Mais enfin de quoi vous parlez ? demanda Fortuna en fronçant les sourcils.

Cette dernière commençait à s'énerver car elle n'obtenait aucune réponse.

Damon et son frère se regardèrent puis Damon décida de s'expliquer :

— Si je vous disais que le monde dans lequel vous croyez vivre n'est pas celui que vous pensez ! Si je vous disais que les monstres existent !

Sur le coup, la sœur et le frère éclatèrent de rire. On ne pouvait pas leur en vouloir, franchement, qui aurait pu croire une chose pareille.

Damon, très sérieux, reprit la conversation :

— Si je vous disais que Flavio et moi sommes différents… qu'on a le pouvoir de nous transformer en créature surpuissante et qu'on peut vous faire devenir comme nous ?

— Bon là, tu commences à me faire flipper, bébé ! s'exclama Fortuna en bousculant son petit ami.

Damon poursuivit :

— C'est pas des conneries ! Je sais que ça peut paraître dingue mais faut nous faire confiance !

— O.K, alors explique frérot ! envoya JF, l'air détendu et serein.

Damon prit une grande inspiration puis leur expliqua, comment, après une bagarre dans un bar avec un type qui le mordit jusqu'au sang, il commença à changer… à se transformer les soirs de pleine lune et les cinq nuits suivantes. Au début, il avait eu peur mais très vite, il prit cette malédiction pour un don. Il s'en servit pour se venger et dévorer toutes les personnes qui les avaient maltraités, lui et son petit frère durant toutes ces années. Il parvint à retrouver l'homme qui lui avait transmis le pouvoir. C'est comme ça qu'il appelait ce changement « le POUVOIR ». Ce dernier lui expliqua l'histoire d'Avana et des fils du chasseur et lui parla des vampires. Effectivement quelque chose de mécanique, qu'il ne pouvait pas expliquer, le poussait à massacrer les vampires, lorsqu'il était loup. L'homme lui suggéra de se servir de son don afin de combattre les vampires et ne pas faire de mal aux gens. Mais Damon avait sa vision des choses, bouffer les vampires, pourquoi pas... mais bouffer aussi les humains qui font chier ! Ou tout simplement pour se nourrir. Après tout, c'est la loi de la Nature.

Mais ce qu'il ne savait pas, c'est que plus il prenait de vies humaines, plus son cœur s'assombrissait et plus son âme devenait noire…

Il demanda à Fortuna et son frère de les rejoindre et de prendre la route avec eux à bord de sa camionnette.

—O.K ! Tu es sûr que tu te sens bien ? répondit JF en lui souriant, pensant toujours que c'était une blague.

— D'accord… ! Vous voulez voir par vous-même que les vampires existent, pas de problème…

Ils les menèrent vers le bois, s'y enfoncèrent alors que le frère et la sœur continuaient de rire. Et là, ils le virent au loin, cet homme, à première vue humain. Ils aperçurent ses yeux terrifiants qui brillaient et ses canines acérées. Le vampire s'approcha puis ayant senti que c'était des loups garous, il prit la fuite.

— C'est pas possible, ça ne peut pas être réel…, souffla Fortuna sous le choc, tout en se laissant tomber au sol.

— C'est pas possible… C'était un vampire…, continua JF.

— Vos parents ne nous accepteront jamais… Tous les quatre, on est tellement proches… Devenez comme nous, acceptez de recevoir le pouvoir… Une fois transformés, vous verrez vos émotions ne seront plus les mêmes. Au fur et à mesure que vous laisserez l'animal prendre sa place, vous serez plus forts…

Ce soir là, ils les transformèrent !!! Fortuna et son frère partirent avec eux, laissant une lettre à leurs parents leur expliquant qu'ils partaient pour un long voyage.

Ils commencèrent à mener cette vie de marginaux et se firent le même tatouage, un emblème qui les reliait. Un W pour wolf qui signifie Loup en anglais avec un 4 .Ils allaient de bourgades en bourgades, vivaient comme des nomades et ils étaient heureux comme ça. Fortuna et son frère voyaient ça comme une nouvelle aventure.

A chaque période de pleine lune, ils devenaient loups garous, ils laissaient le loup agir, se contentant d'animaux à manger ou d'humains qui étaient sur leur passage mais Fortuna et Jean-François ne pouvaient pas se résoudre à tuer des humains. Ils avaient du mal à contrôler le loup qui était en eux, bien que Damon et Flavio leur répétaient constamment de se laisser aller.

Afin de convaincre Fortuna de ce qu'elle pouvait faire de ce pouvoir, Damon alla jusqu'à dévorer toutes les personnes qui l'avaient harcelée. Il lui laissa le garçon qui avait détruit une partie d'elle et elle le tua. Bien qu'elle en retira un certain plaisir, elle fut vite envahie par les regrets.

Au fur et mesure que le temps passait, Fortuna et JF commencèrent à ressentir le pouvoir comme un fardeau. Fortuna commença à regretter d'avoir suivi Damon et d'avoir embarqué son frère là-dedans… Elle repensa à leurs rêves de devenir pâtissiers, d'ouvrir leur boutique.

Elle commença à se lasser de cette vie sur les routes, quant à Jean-François, cette vie lui convenait, seulement il ne voulait pas tuer. Ils commençaient tous les deux à se dire qu'ils pourraient se poser et utiliser ce sortilège pour faire le bien autour d'eux mais il fallait apprendre à contrôler le loup qui sommeillait dans leur corps.

Quand ils abordaient le sujet avec Damon, ça finissait toujours en dispute. Pour lui, c'était normal de laisser le loup dominer. Flavio commença aussi à en avoir assez de voir son frère tuer. Damon avait le sang chaud, il suffisait qu'il s'embrouille avec quelqu'un dans la rue pour qu'il l'attaque une fois devenu loup garou. Flavio avait conscience que c'était mal et lui non plus, comme Fortuna et son frère, ne voulait pas de cette vie là.

Un jour, Damon alla trop loin aux yeux de Fortuna. Il tua une très jeune fille dans une ruelle sombre d'un petit village en Belgique. C'est pourquoi, elle décida de le quitter et de ramener son frère avec elle, en France. Elle suggéra à Flavio de les suivre mais il refusa. Elle poursuivit donc sa route, en compagnie de Jean-François. Et elle arriva ainsi dans notre région.

En découvrant Mystéria, ils s'y plurent et décidèrent de s'y installer, d'y travailler pour économiser le capital suffisant afin de réaliser leur rêve et devenir la fierté de leurs parents.

Ils avaient conscience qu'avec le loup qui vivait en eux ça n'allait pas être simple mais en réalisant des recherches sur l'origine des loups, ils découvrirent l'histoire d'Avana et des frères chasseurs. Ils commencèrent la méditation afin de maîtriser le loup

en eux et en attendant de pouvoir le contrôler
totalement, ils se contentèrent de s'attacher et de
s'emprisonner lors de la pleine lune et des cinq jours
suivants dans cette grotte au fin fond de la forêt.

Chapitre 12
Combat intérieur

Je fus très émue par l'histoire de mon amie. La jolie jeunefille, naïve qui était tombée amoureuse du méchant loup. J'en conclus que l'amour et la naïveté peuvent parfois nous rendre aveugles et nous pousser à faire des choses complètement dingues. Elle aimait tellement Damon qu'elle s'est laissée transformer afin de devenir comme lui et elle a entraîné son frère avec elle pour ne pas briser le lien fusionnel qui les unissait.

De son côté, Flavio s'était confié à Stan en lui racontant son histoire, son enfance, la manière dont il était devenu loup garou mais aussi le lien qui l'unissait à son frère et l'emprise qu'il avait sur lui. Flavio avait envie de changer. Mais il ne voulait pas abandonner son frère. Quand l'heure de la relève fut venue et que tout le monde se trouva réuni, nous nous installâmes afin de faire le point. Stan prit la parole en premier :

— Petit point sur la soirée d'hier !

— On a dégommé cinq vampires au nord de la ville, expliqua Marie-Laure.

— Ça a été ? demanda Stan.

— Ils étaient coriaces mais ça a été. Il vaut mieux quand même renforcer les patrouilles le soir, par mesure de sécurité.

Mathieu s'exprima à son tour :

— Nous avons tué deux araignées mutantes dans la forêt.

Charlène ajouta :

— Vivement qu'Océane soit de retour, c'est vraiment le bazar, on ne sait plus où donner de la tête.

— Il faut continuer de patrouiller partout et espérer que notre voyante nous revienne vite, dit calmement Stan.

— Et concernant les loups garous ? A ce que j'ai cru comprendre, le pourri rode toujours ? demanda Mathieu, avant de se rendre compte que Flavio était là.

Il se racla la gorge, puis reprit…

— J'voulais pas te blesser mec, mais à partir du moment où ton frère a conscience qu'il peut sauver des vies en étant loup garou et qu'il décide de rester un nomade qui se balade de bleds en bleds en massacrant des gens tout en éprouvant du plaisir… pour moi, y a pas d'autre mots…

Flavio baissa les yeux puis avoua qu'il comprenait notre point de vue et qu'il le rejoignait, malgré l'amour qu'il avait pour son frère.

Cédric prit la parole :

— Il est grave rapide, c'est un truc de ouf !

— C'est vrai, non seulement, il est rapide mais il est très agressif et ça devient de plus en plus dangereux, déclara Yann.

— Il faut mettre un plan en place… dit Mustapha avant d'être interrompu par Flavio.

— Je vais essayer d'aller lui parler… le convaincre de nous rejoindre ici.

— Attends, qu'est-ce-qui te fait penser qu'il t'écoutera ? Et comment tu comptes le retrouver ? demanda Mathieu.

— Ne t'en fais pas pour ça, nous les loups, on a un sens très développé de l'odorat. Par contre, je ne suis pas sûr qu'il m'écoutera comme tu dis, il est très borné, il n'a pas changé pour Fortuna et pourtant, croyez-moi il l'aime. Il a toujours eu ce côté orgueilleux et têtu… Mais, après qu'il soit devenu loup garou et qu'il ait tué tous ces gens… ça n'a fait qu'empirer…

Sabrina intervint :

— C'est normal. Il faut savoir que plus un loup garou tue des êtres humains, plus il devient mauvais…

— Et plus les chances de rédemption sont minces… Je sais… dit tristement Flavio.

— On fait quoi alors ? demanda Ethan avant de reprendre :

— Y a quand même eu deux morts ! On ne va pas attendre gentiment qu'il massacre d'autres personnes. On ne peut pas prendre ce risque. Jusqu'à maintenant, le plan c'était de le capturer, mais là… si ça continue, on aura plus le choix…

Flavio se leva, puis demanda :

— Laissez-moi aller lui parler, je vais essayer de le raisonner… J'ai conscience que ce qu'il fait est mal, mais je vous en supplie, laissez-moi allez lui parler… avant de faire l'irréparable.

Tout le monde le regardait d'un air désolé comme si la décision avait déjà été prise.

Il regarda Stan, l'air triste et supplia :

— Je vous en prie…

Stan se passa la main sous le menton, puis répondit :

— C'est d'accord.

Mathieu se leva, étonné par la réponse de Stan puis dit aussitôt :

— Quoi ? Mais non !

— Mathieu, s'il te plaît… intervint Stan avant d'être de nouveau interrompu par Mathieu.

— Nan, mais attendez, c'est beaucoup trop risqué ! Qui nous dit qu'il l'écoutera hein ? Et qui nous dit que Flavio ne va pas en profiter pour se faire la malle et retourner vivre sa petite vie de loup bouffeur d'humains avec son frère, comme avant ?

Flavio l'interrompit :

— Je ne veux plus de cette vie… ça fait longtemps déjà… Vous pouvez me croire !

— Qui nous dit que ton frère ne s'est pas déjà baré ? demanda Mathieu.

— Non, le connaissant, il va chercher à me retrouver. Il se doute de qui vous êtes, on a entendu parler de vous, les Protecteurs, par le loup qui nous a initiés.

— Nan mais, allons tuer ce salaud une bonne fois pour toutes et fin de l'histoire bordel ! s'écria Mathieu.

— Ça n'est pas aussi simple Mathieu ! C'est un être humain … expliqua Sabrina.

— … qui se transforme et tue des gens. En plus, vu son apparence lorsqu'il se transforme, je crois que c'est foutu pour lui, non ? Tu l'as dit toi-même, Sabrina, plus physiquement il est repoussant et effrayant, plus il est mauvais et moins de chance de rédemption ! on prend un putain de risque là !

— Nous devons quand même essayer… Ça prendra peut-être plus de temps que pour les autres, le travail sera peut-être plus long mais si vraiment il veut changer, si vraiment il décide de travailler sur lui, il peut encore devenir bon. Nous devons essayer…

Mathieu se tenait debout les mains sur la tête comme dépiter par la décision de Stan.

Stan ajouta :

— Flavio, tu iras parler à Damon cette après-midi. Jérôme et Yannick t'accompagneront… C'est préférable…

— Merci ! dit Flavio, soulagé.

— Yo man, c'est quoi le plan de ce soir alors ? demanda Yannick qui ne s'exprimait pas souvent.

Stan répondit :

— On ne va pas partir négatif et établir un plan d'attaque maintenant. On va espérer que Damon nous rejoigne. Les deux équipes patrouilleront cette nuit, l'équipe 1, encadrée par Yann et l'équipe 2 par Cédric. Vous avez carte blanche, dit Yann avec enthousiasme.

Alors que tout le monde commençait à se lever, à ranger afin de se rendre aux cours d'entraînement, une voix que je ne connaissais pas se fit entendre :

— Bonjour tout le monde !

Une jeune femme brune, aux longs cheveux très fins et au teint mate, se tenait devant la porte. Sabrina, surprise de la voir, se précipita vers elle.

— Oh Mya, tu es là, je suis tellement contente.

— Grimiyo m'a accueillie. Comment vas-tu ?

— Bien et toi ? Le voyage s'est bien passé ?

— Niquel !

— Installe-toi, je t'en prie ! Tu as faim ?

— Non merci, répondit Mya tout en entrant dans la pièce et ôtant sa veste afin de se mettre à l'aise.

— Je vous présente mon amie Mya, notre loup garou.

La jeune femme fut saluée par tout le monde. Elle contempla toutes les personnes qui étaient présentes dans la pièce puis fixa Fortuna, JF et Flavio qui étaient les uns à côté des autres.

— Alors c'est vous ! dit-elle joyeusement en leur adressant un sourire. Sabrina lui apporta un café, accompagné de petits croissants.

— Oh c'est gentil mais il est bientôt midi, fit remarquer Mya avant de demander :

— En parlant d'heure, c'est quoi le programme de cet après-midi ?

— Deux de nos combattants vont accompagner Flavio, notre loup garou qui va essayer d'avoir une discussion avec son frère. Certains sont en repos cette après-midi, les autres ont cours de combat.

— Parfait. Nous n'allons pas perdre de temps. Nous allons commencer dès cette après-midi la méditation. Je ne peux rester que quelques jours, l'agence secrète dans laquelle je travaille ne compte pas beaucoup de membres et ils ont besoin de moi pour éliminer les vampires, proposa Mya à Fortuna et JF.

Le frère et la sœur se regardèrent et un immense sourire s'afficha sur leur visage.

— C'est l'heure d'aller manger ! Je suis le seul à penser à la tartiflette depuis tout à l'heure ? lança soudainement Mathieu.

— Nan mec, moi aussi, j'ai la dalle ! compléta Jérôme.

— Que tous ceux qui ont prévu de manger ici ce midi me suivent ! envoya Cédric.

Ce jour-là, je ne déjeunai pas à l'Agence. Mon code rouge était désactivé et il était prévu que je rentre déjeuner à la maison. J'étais contente de passer un peu de temps en famille. Ensuite, j'étais sensée passer mon après-midi avec mes amis du Lycée, Jessica, Lorry et Tom qui me couvriraient. Eh oui ! Stan le reconnaissait ; le fait qu'ils soient au courant de ma double vie était bien utile.

— On se retrouve plus tard dans l'après-midi ! dis-je à Fortuna et JF avant de les quitter.

Je profitai de ma pause pour renter à la maison afin de travailler un peu mes cours et pour voir de ma famille. Après avoir mangé avec eux, regardé un film avec papa et Eddy, être allé balader le chien avec mon père, c'est surexcitée que je retournai à l'Agence. Les choses commençaient à avancer. Flavio, Fortuna et JF avaient décidé de rejoindre l'Agence et de bosser avec nous, et nous étions sur le point de tirer les choses au clair avec Damon.

Je commençai par bosser sur moi avec Stan et Yann en extérieur, près de l'Agence afin d'essayer de développer mon nouveau don de lévitation. Je commençais à arriver doucement à m'en servir. C'est, planquée en haut d'un arbre que j'observai mes Maîtres qui me cherchaient partout :

— Lou ! Allez, c'est bon, où te caches-tu ? cria Yann.

— Ça n'est pas drôle ! bougonna Stan.

Je me retins pour ne pas rire. Je fis preuve de concentration, puis décollai de l'arbre où je me trouvais, descendis doucement en volant et tombai sur les épaules de Yann, le faisant sursauter.

— A vos ordres Maître !

— Euh, je savais que tu étais là, je te testais ! dit Yann, gêné d'avoir eu peur. Stan quant à lui avait toujours l'air sérieux :

— Lou, évite d'aller trop haut pour le moment, ça peut être dangereux.

Je poussai un soupir, m'approchai de Stan puis lui dis :

— Oh ça va, je maîtrise pour l'instant et j'ai rien fait d'extraordinaire et puis si je sens que j'arrive pas à contrôler mon pouvoir, j'arrête. Bon, maintenant que j'ai bien travaillé, est-ce-que je peux rejoindre Fortuna et JF à leur cours s'il te plaît ?

— Et bien, tu es sensée t'entraîner avec Cédric.

— Oh allez, c'est leur première journée à l'Agence et ils me connaissent bien. Ça les rassurerait si je les accompagnais.

Stan réfléchit puis finit par céder :

— Très bien, tu peux y aller. Mais vous travaillerez, n'en profitez pas pour faire les imbéciles.

Je me tournai vers lui puis répondis l'air faussement outré :

— Fortuna et moi faire les imbéciles ? On ne se permettrait pas !

Je me rendis dans la bibliothèque où Mya était en train de méditer avec Fortuna et JF. La pièce était décorée pour l'occasion, façon bouddhiste avec des bambous. Il y avait des petites fontaines qui coulaient, des plantes partout et une musique méga relaxante en fond. A peine arrivée, je me sentis bien, apaisée. Alors qu'ils paraissaient complètement en transe, je dis à voix haute :

— Elle est zen, l'ambiance, ici !

Fortuna éclata alors de rire, suivie de JF.

Ne comprenant pas pourquoi ils riaient, je demandai :

— Bah quoi ? Pourquoi vous vous marrez ?

Mes amis éclatèrent de rire à nouveau avant de me dire en chœur :

— Chuuuut ! Il ne faut pas parler Lou.

Mya me regarda avec le sourire, malgré que je venais de bousiller leur séance de méditation. Elle m'invita à m'asseoir puis à participer au cours avec mes amis. Elle ajouta que méditer pouvait être bénéfique pour moi et m'aiderait à mieux contrôler mes dons.

Je pris place, fermai les yeux. Sa voix se fit entendre.

— On inspire..., on expire... On fait le vide.

Elle répéta cette phrase plusieurs fois.

— Vous ressentez toutes ces énergies positives qui envahissent votre corps ? Servez-vous-en pour nourrir votre loup, celui que vous sentez dormir en vous.

— Je peux le sentir… dit JF… C'est dingue, ça marche !

— Moi, j'ai envie de dormir, ça fait planer votre truc ! lâchai-je soudainement.

Mes amis éclatèrent de rire à nouveau. Mya, me redemanda gentiment de rester calme.

— On imagine cette énergie positive, on lui donne une couleur, une texture, une forme. Cette énergie se balade partout à l'intérieur de vous. Elle apaise le loup qui dort en vous, elle prend le contrôle sur lui.

Alors que Mya parlait, je n'écoutais plus vraiment sa voix, car elle s'adressait à mes amis mais je me concentrai sur la musique. J'en profitai pour faire le vide. Je me laissai complètement aller jusqu'à la fin du cours. Soudain, j'entendis tout le monde rire. Lorsque que je revins à moi, je m'aperçus que j'étais en train de léviter, tel un bouddhiste. Je me mis à rire à mon tour ce qui me fit redescendre à terre.

Une fois la leçon terminée, Mya emmena mes amis dehors, dans le bois afin de travailler la mutation. Il faisait bon, l'air était doux à l'extérieur. Alors que nous marchions dans la forêt tous les quatre et que j'observais Mya, j'eus envie d'en apprendre davantage sur elle.

— Dis-moi Mya, comment c'est arrivé pour toi ?

La jeune femme se tourna vers moi et me demanda :

— Tu veux savoir comment je suis devenue un loup garou ?

— Oui, enfin si ce n'est pas indiscret. Sabrina nous a beaucoup parlé de toi mais elle n'est jamais entrée dans les détails de ton histoire.

— Ça ne me dérange pas du tout d'en parler… Remontons dans le temps ! J'avais 19 ans. Après avoir obtenu mon bac, j'ai commencé des études pour devenir avocate mais j'ai vite abandonné pour faire de l'humanitaire. Voyager, aider les gens, c'était ça que je voulais vraiment faire. C'est lors d'une mission en Afrique que j'ai été mordue… par ce que je croyais être un animal sauvage… J'ai commencé à changer… Quand je me suis mise à muter, j'ai pensé que j'étais maudite. Je ne l'ai dit à personne, je me suis complètement renfermée sur moi. Je m'enfermais pendant les périodes de mutation et je m'attachais même. J'essayais tant bien que mal de vivre une vie normale. Jusqu'à ce que je croise mon premier vampire… C'était une nuit lors d'une mission en Amérique du sud, c'était en dehors de la période où je me transformais habituellement. J'ai vu ce monstre s'en prendre à cette pauvre femme et là, il s'est produit quelque chose de dingue. Ça brûlait à l'intérieur de moi, comme si le loup en moi voulait sortir. Et j'ai muté puis tué ce vampire. Le soir même, un Maître combattant s'est présenté à moi. Il m'a raconté l'histoire des deux chasseurs et du massacre des loups ainsi que du fameux sortilège d'Avana. Il m'a aussi révélé l'existence des Protecteurs et m'a proposé de rejoindre l'Agence.

— Et donc, tu as accepté ? demandai-je, intriguée.

— T'as tout compris !

— Mais, ça n'a pas été dur d'apprendre à gérer le loup en toi ? demanda JF

— Ça n'a pas été simple car je n'ai pas eu la chance d'être aidé par d'autres loups. J'ai dû apprendre toute seule. Mais je suis fière de la personne que je suis devenue. Comme l'a été Charles.

Mya s'arrêta de marcher :

— On va s'arrêter ici. Lou, tu devrais te mettre en sécurité.

Je m'exécutai. Je pris mon élan, grimpai en haut d'un arbre afin d'observer.

— T'es sûre que c'est nécessaire ? Je t'ai déjà dit que je ne mordais pas ! ricana Fortuna.

— Bon, on va voir qui est le plus fort de nos loups ? On fait une petite course ? défia JF tandis que sa sœur le regardait, le sourire aux lèvres.

— C'est encore tôt. Essayons déjà de passer d'homme à loup et vice-versa, proposa Mya.

JF recula, prit une grande inspiration, alors que son visage commençait à changer. Il se transforma d'abord en loup.

— Le cours de méditation m'a fait un bien fou, je me sens bien, gentil, généreux, je sens que ça agit sur le loup en moi !

Soudain il redevint humain, ce qui fit rire Fortuna qui comme son frère se concentra, recula, se mit à courir et soudain se transforma en loup garou. La lumière du jour semblait la déranger beaucoup. Quand elle parvint à s'y habituer, elle ouvrit doucement les yeux, me regarda puis grogna tout en se concentrant sur la voix de Mya.

— Du calme, souviens-toi de l'histoire, le sort de l'enchanteresse Avana. Tu es quelqu'un de bien, alors le loup qui est en toi est bon lui aussi. Ça n'est qu'une partie de toi Fortuna et tu en fais ce que tu veux… Alors que la louve se calmait, je descendis de mon arbre en volant tout doucement et m'approchai tout près d'elle. Mya me regarda et me fit signe de m'éloigner. Quelque chose me disait que je ne craignais rien. Les yeux de la louve me contemplaient calmement puis je remontai en haut de mon arbre de la même manière.

JF se concentra puis se transforma à nouveau. Les deux loups se regardèrent puis détallèrent dans les bois. De mon arbre, je les observai faire le tour des bâtiments abandonnés qui servaient de cachette à l'Agence. Fortuna gagna la course. A peine arrivée, elle muta et redevint humaine, suivie de JF qui fit de même. Mya avait prévu pour eux des vêtements pratiques à enfiler car lors de la mutation les vêtements se déchiraient. Après s'être rhabillés en toute discrétion, mes amis revinrent vers moi. Fortuna qui semblait heureuse de parvenir à contrôler son pouvoir dit à son, dit à son frère :

— Ah ah, en général tu me mets la pâtée dans tout mais sur ce terrain, la louve domine ! Waouh, j'y crois pas, j'ai réussi ! J'ai muté en dehors de la période habituelle, en pleine journée ! C'est trop génial ! Je commence à contrôler le loup en moi ! Je vais devenir une chasseuse de vampires !

— Vivement qu'on massacre des vampires avec vous ! La ville doit en être infestée, ça sent à des kilomètres leur odeur… dit JF.

— Grave ! confirma Fortuna alors qu'elle humait le périmètre.

— Je suis fière de vous ! Je sais que vous aviez déjà commencé à travailler la méditation avant de nous rejoindre mais honnêtement je vous trouve motivés, et très doués ! C'est un véritable combat intérieur, un travail sur soi, bravo !

Mes amis avaient l'air surexcité à l'idée de devenir des héros. Alors que nous étions en pleine conversation, Damien qui se tenait vers l'Agence m'appela soudainement. Je m'excusai auprès de mes amis puis partis le rejoindre.

Chapitre 13
Imprévu

Alors que je me dirigeai vers mon ami, fidèle à lui-même avec son look de rockeur, je constatai qu'il faisait une drôle de tête. Une fois devant lui, je le saluai joyeusement dans l'espoir de le voir sourire.

— Hey, quoi de neuf ? lançai-je

Je fus déçu de voir que cela n'avait pas fonctionné. Mon sixième sens de super Protectrice me criait qu'il se passait quelque chose de pas normal.

— On a un petit problème. Jérôme et Yannick ne répondent pas sur leur biper. C'est bizarre. Marie-Laure, Ethan et Liam sont partis les chercher dans les bois. Nous deux, on va faire un tour en ville voir si on les localise.

Je le savais. Il y avait quelque chose qui clochait. J'espérai de tout mon cœur que Mathieu avait tort et que Flavio n'avait pas tourner sa veste. Je haussai les épaules.

— Ça marche, je te suis, répondis-je.

Nous commençâmes à traverser la forêt afin de nous rendre en ville. Je sentais qu'il était contrarié, et il y avait de quoi… Nous avions fait confiance à Flavio en le laissant tenter d'aller raisonner son frère, qui était un sacré pourri et qui par conséquent avait un loup en lui tout aussi pourri que lui. Nos amis qui étaient censés accompagner Flavio étaient portés disparus et se trouvaient peut-être en danger. Décidément, depuis le début de cette enquête, à chaque fois que nous étions sur le point d'arranger les choses, de nouveaux rebondissements survenaient.

— La dernière fois qu'on a eu de leurs nouvelles, ils étaient au snack et après… silence radio, m'informa Damien.

— D'ac. Donc je suppose qu'on va s'y rendre ? rétorquai-je.

— C'est ça…, lâcha t-il.

— Tu n'as pas l'air dans ton assiette…, grommelai-je.

— J'ai un mauvais pressentiment…, me confia-t-il.

— Tu penses que Flavio nous l'a fait à l'envers et leur a tendu un piège ? demandai-je.

L'expression sur son visage me laissa comprendre que j'avais visé juste.

— Je ne sais pas quoi penser de Flavio… Je pense sincèrement qu'il a un bon fond… Mais que son satané frère a une putain d'influence sur lui… C'est Damon l'alpha de cette meute. C'est lui qui dirige. Fortuna et Jean-François ont été assez forts pour se défaire de son emprise…. Mais Flavio…Je ne sais pas… Quelque chose me dit que Damon ne va jamais vouloir coopérer… Et que s'il fait le mauvais choix…, son frère ne nous choisira pas…

Je me contentai d'opiner. Je partageais ses pensées. Nous étions sur la même longueur d'onde. Nous nous rendîmes alors en ville, afin de nous rejoindre le bar. Au moment de passer devant le stade, afin de voir si toutes fois ils n'y étaient pas, je me planquai derrière Damien afin que Benjamin ne me voit pas.

— Mais qu'est-ce-que tu fous ? me demanda Damien.

— Y a mon copain !

— Quoi ton wesh ? Et alors ?

— Tu ne comprends pas ? S'il me voit avec toi, il va me piquer une vraie crise de jalousie et c'est pas le moment !

— Je n'ai pas peur de lui ! dit Damien avec un petit sourire.

— Bon, je crois qu'il ne nous a pas vus. Allez, on bouge ! On doit se rendre au snack ! Tout suite ! Il se leva sans broncher et nous nous précipitâmes vers le snack. Nous nous dirigeâmes vers le bar près duquel un jeune homme, au comptoir, était en pleine discussion avec le serveur. Nous nous approchâmes doucement.

— Et sinon… Avec ton mec, ça va ? me demanda Damien.

Surprise je le toisai sans répondre. Il poursuivit :

— J'veux dire, … tout va bien entre vous ?

Je savais que je lui plaisais, et qu'il avait espoir que je lui confie que ça n'allait pas entre Ben et moi.

— Dam, ce n'est ni l'endroit ni le moment…

Il leva les yeux au ciel puis revint à la charge :

— Ça va, je te demande juste comme ça…

Soudain le serveur s'adressa à nous :

— Je vous sers quelque chose ?

Damien s'avança, moi sur ses talons.

— Euh nan, ça ira, on est juste passé car on cherche nos potes, un rasta et un autre avec des cheveux longs et un petit bouc. On devait les retrouver ici mais aucune nouvelle.

Le barmaid plaça sa main sur son menton puis réfléchit…

— Ah ouais, ça me dit quelque chose… Je les ai vu discuter avec ces deux types là…

— Avec les sapes en cuir ? Plutôt beaux mecs ? le questionnai-je.

— Exact !

— Ils se sont disputés ? demanda Damien.

— Non non, ils avaient l'air de plutôt bien s'entendre. Ils ont commandé des bières, ont discuté un moment puis ils ont filé.

Bizarre… ! Si le serveur disait vrai, ce n'étais pas malin de la part des garçons de ne pas nous avoir informés de tout ça. Je m'approchai franchement du type puis demandai :

— O.K, et est-ce que par hasard vous auriez entendu parler de l'endroit où ils se rendaient ?

— Ah non, désolé ma jolie. Y avait du monde, et si je devais écouter toutes les conversations des clients, répondit-il en riant avant de nous saluer puis de repartir travailler.

Nous quittâmes le bar afin de poursuivre nos recherches. Nous inspectâmes les bars, les seuls qui étaient ouverts les dimanches, puis le cinéma, sans résultat et au fur et à mesure que le temps passait, nous commencions à sérieusement nous inquiéter pour nos amis. Soudain, Marie-Laure appela sur le biper :

— Toujours pas de signes d'eux et vous savez quoi, mauvaise nouvelle, leur camionnette et leur campement ont disparu. Volatilisés.

— Nous aussi on a du neuf. Apparemment, ils ont passé un moment avec Flavio et Damon au bar, ils se sont saoulés puis se sont barrés ensemble… balança Damien.

— Mince ! Mais où sont-ils allés ? demandai-je.

— Je n'en sais rien mais faut qu'on retrouve les gars avant la tombée de la nuit.

Nous poursuivîmes notre chemin, toujours en communication avec Marie-Laure qui elle, était accompagnée de Liam. Celui-ci tentait de nous réconforter :

— Si ça se trouve, on stresse pour rien ! Ils se sont peut-être mis Damon dans la poche et ils sont tous allez manger une pizza quelque part ! argumenta t-il.

Je pouffai en imaginant la scène. Mais soudain, une moto attira mon attention. Je repris le biper pour annoncer :

— Marie-Laure, je crois que j'ai trouvé la moto de Jérôme sur le parking devant le lycée. On va aller voir, on te tient au courant.

Je coupai. Damien et moi courûmes vers la moto.

— C'est bien la sienne ! Mais qu'est-ce qu'elle fout là ? Et regarde Lou, on dirait du sang !

Je baissai les yeux et constatai qu'il y avait une petite tache de sang par terre puis des traces rouges qui menaient jusqu'au lycée. La camionnette de Damon était à côté du portail.

— Je n'en sais rien, c'est bizarre ! En plus, y a la camionnette. Y a dû y voir une bagarre. On devrait allez fouiller le lycée.

J'appelai du renfort.

Nous nous dirigeâmes vers le lycée, entrâmes avec une clef que m'avait fournie Mr Franc dans le cas où nous serions confrontés à ce genre de situation. Puis je commençai à chercher dans les différentes pièces du lycée ; dans les classes, l'infirmerie, ...tout fut inspecté.

Au moment de vérifier le gymnase, nous aperçûmes

Jérôme et Yannick inconscients, ligotés l'un contre l'autre, dos à dos.

Nous nous précipitâmes pour les délivrer. Damien donna des petites gifles à Jérôme. Quant à moi, j'essayai de réveiller Yannick :

— Allez mec, debout ! Lève-toi !

Soudain la voix terrifiante de Damon se fit entendre :

— Oh, ils ne devraient pas tarder à se réveiller. Ça ne devrait plus être long maintenant. Évidemment, quand on se fait droguer en buvant de la bière et qu'on reçoit un coup de batte de base-ball en pleine tronche... Bah même quand on est un petit merdeux prétentieux avec des pouvoirs, ça ne fait pas forcement du bien !

Je me relevai furieuse, me tournai, regardai derrière moi et le vis, dans le noir, qui me fixait :

— Où est Flavio ? Pourquoi leur as-tu fait ça ?

— Je te trouve bien curieuse ! Bien trop curieuse ! Comme tous tes petits copains. Vous auriez pu nous laisser vivre notre petite vie tranquille. En plus, on ne comptait pas rester longtemps mais non, il a fallu que vous vous en mêliez. Maintenant vous allez payer, les merdeux !

Nous nous efforçâmes de détacher au plus vite nos amis. Alors qu'ils se réveillaient et qu'ils reprenaient connaissance, nous nous assurâmes qu'ils n'avaient pas été mordus ni griffés.

— Je suis désolé... Je ne peux pas... vous rejoindre car il n'est pas d'accord...C'est mon frère... dit Flavio en sortant de derrière un gros tas de tatamis.

— Ferme-la, merde ! La nuit va bientôt tomber. Nous sommes le cinquième jour du cycle et quand la lune va se montrer dans quelques minutes… ça va faire mal ! Très mal ! répondit Damon.

Nous étions tous les quatre, debout face à eux. Jérôme et Yannick étaient encore sous l'effet des tranquillisants et arrivaient à peine à maintenir leur équilibre. Damien et moi, étions placés devant eux, afin de les protéger. Flavio et Damon se tenaient devant la porte, nous empêchant de sortir.

Alors que la nuit tombait, je commençai à paniquer quand soudain mon téléphone sonna. Je répondis, c'était Benjamin :

— Euh salut bébé, ça va comme tu veux ?

— Qu'est-ce que tu foutais avec l'autre mariole coiffé comme un balai à chiotte ?

Damien qui entendait la réflexion, se mit à rouspéter :

— QUOI ? Mais ma coiffure est originale ! Et lui alors, on en parle de son jogging serré qui fait meuf ? On en parle ?

Je me tournai vers Damien lui faisant signe de se taire, ce dernier me fit une petite moue puis ajouta plus bas :

— Mais c'est lui qui me cherche !

Je repris :

— Euh chéri, on peut remettre ça à plus tard ?

— POURQUOI tu esquives ? Tu me trompes avec lui ? Hein, c'est ça ?

— Quoi ? Mais non ! je te jure que non !

Damon eut un rire sarcastique et se moqua :

— Jaloux… le petit copain ?

— C'est quoi cette voix de mec ? s'inquiéta Benjamin.

— Euh, c'est euh, c'est juste euh un mec qui nous fait cours de rattrapage !

— Ouais, c'est ça !

— Mais si !

Damien ronchonna à nouveau :

— Balai à chiotte, nan mais pfff !

— Euh bébé, je te laisse, je capte mal, je t'aime.

Je coupai puis regardai tout le monde. Ils avaient été témoins de ma petite scène de ménage.

— C'est le beau brun qui t'a défendue le soir de notre rencontre ? J'ai hâte de voir sa tête quand il te retrouvera morte !

— L'approche pas, enfoiré ! menaça Damien.

— Le provoque pas Dam, on est pas en mesure de déconner là.

Alors que par la fenêtre, on voyait la lune se lever, Flavio commença à se transformer sous nos yeux, en criant de douleur.

— J'adore ce moment ! Même si je l'ai tant redouté au début, à cause de cette horrible douleur…. Ce moment où le loup vient prendre ma place, laissant le pauvre Damon, celui qui en a longtemps bavé, qui a toujours été rejeté, ce moment où il va enfin prendre sa place et dominer.

— Il est pas trop tard, tu peux encore … changer Damon, essayai-je de négocier.

— Nan, arrête avec ses conneries. J'obéis aux lois de la Nature, moi. Pas à toutes ces conneries de légendes ! riposta Damon.

— Ça a pourtant bien réussi à ton ex. Elle est avec nous maintenant !

Soudain sa voix devint rauque et il me cria :

— NE ME PARLE PAS D'ELLE !

Son visage changea. Il se jeta dans un coin de la salle, libérant le passage. Nous nous dirigeâmes alors vers la sortie, nos amis sur le dos quand soudain il se mit à hurler de douleur. Je vis sa main se couvrir de poils et ses doigts de griffes.

Damien couru vers l'interrupteur mais l'électricité était coupée :

— J'ai pensé à tout, les merdeux !

Alors que nous essayions de nous cacher du mieux qu'on pouvait derrière le matériel de sport, il continuait sa transformation.

Damon cria soudainement :

— Plus personne ne peut nous arrêter maintenant !

Il s'arracha soudainement les derniers lambeaux de peau humaine en hurlant et dévoilant ainsi le loup garou. Il était énorme et terrifiant.

Au même moment, la vitre se fracassa d'un côté puis d'un autre et Mathieu et Charlène déboulèrent, munis de grosses torches et les braquèrent dans leurs yeux.

— Ça, ça reste encore à prouver, gros ! balança Mathieu, sûr de lui avec sa lampe à la main.

Flavio détala aussitôt. Damon, lui se cacha les yeux à l'aide d'une patte et se dirigea droit vers Damien qui couvrait Jérôme et Yannick. Je me concentrai pour fixer le loup. Il était lourd, très lourd mais je parvins à le stopper dans son élan. Il était très fort. Alors qu'il se débattait, ne comprenant pas pourquoi il ne pouvait plus bouger, je redoublai d'efforts et parvins à l'expulser hors du gymnase. Il revint à la charge. Je le bloquai de nouveau puis le repoussai encore et encore.

— Essaie de tenir Lou, Stan ne va pas tarder !

Mathieu et Charlène braquaient leurs lampes sur lui, ce qui le gênait. Alors que je le retenais par télékinésie, mon nez commença à saigner. Je sentis que j'allais lâcher. Je me concentrai davantage, le fixai et le contraignis à reculer vers l'arrière du lycée. Mais malgré tous mes efforts, je ne pus faire mieux. Alors il en profita pour se relever et prendre la fuite. Je m'effondrai sur le sol. Stan, Yann, Cédric et Orphée arrivèrent.

— On continue la traque. Vous, vous allez en patrouille, faut pas oublier les vampires, commanda Stan.

— Lou, ça va ? me demanda Damien qui s'était précipité vers moi.

Je me relevai doucement.

— Tu saignes. Tiens ! dit-il en arrachant un morceau de sa chemise pour m'essuyer le nez.

— Je le savais ! Et merde ! cria Mathieu en colère.

— Charlène, Damien, ramenez Jérôme et Yannick à l'Agence, je commence la patrouille, proposa Mathieu.

— Nan, attends ! s'interposa Damien.

— J'attends rien du tout ! Si vous m'aviez écouté, on n'en serait pas là ! Je pars en patrouille, tu viens Lou ?

— Nan, attends je te dis. Elle vient de faire un truc de fou, faut qu'elle recharge les batteries.

— OK, ramenez-la. Je rejoins les autres en patrouille. Vous pouvez être fiers de vous ! dit Mathieu en regardant Jérôme et Yannick. Il se tourna vers Damien et lui dit que si le lendemain il y avait des morts en plus, ça serait de sa faute. Il tourna les talons avant de partir furax.

Chapitre 14
Affrontement

Tout était sombre. Le noir total. J'avais l'impression d'errer dans le néant. C'était comme si je n'appartenais plus à ce monde. Je n'avais encore jamais ressenti ça, du moins pas à ce point. La dernière fois que je m'étais évanouie, c'était après avoir tué mes deux premiers vampires, lorsque j'avais découvert que je possédais le don physique. Mais cette fois-ci, c'était encore plus fort. Les loups garous sont de puissantes créatures et les retenir comme je l'avais fait avec mon esprit, m'avait demandé un énorme effort. J'ouvris les yeux, lentement et regardai en l'air. Je m'aperçus que j'étais chez moi, dans mon lit.

— Ça y est, tu ouvres les yeux. Comment tu te sens ?

Je tournai la tête et aperçus Damien qui était assis sur la chaise de mon bureau, à la maison.

Je me redressai puis lui demandai :

— Damien ? Mais qu'est-ce que tu fais ici ? Que s'est-il passé ?

Damien me contempla, très calme puis répondit :

— Tu ne te souviens pas ? Tu as affronté le loup garou, Damon et ça t'a complètement mise K.O ; Tu t'es évanouie plusieurs fois, on t'a ramenée chez toi. J'ai appelé ta pote Jessica pour avoir l'air crédible. On a dit à tes parents que tu t'étais endormie pendant notre soirée vidéo. C'était ton code rouge, tu te souviens ? Soirée vidéo chez la sœur de Lorry…

— Ah oui, je me rappelle.

— On t'a portée jusqu'à ton lit.

Je repris mes esprits et soudain me redressai de nouveau :

— Et les loups garou ? Vous les avez eus ? Ils sont morts ?

— Nan. Ils courent toujours… Ces salauds sont hyper rapides et balaises. Ils se sont enfuis en direction de la forêt… Après que tu te sois évanouie, y a une équipe qui s'est lancée à leur poursuite puis une autre qui a patrouillé en ville.

— Oh non ! m'exclamai-je. Il me rassura aussitôt.

— L'équipe 2 est de patrouille afin de les retrouver et ta pote est avec eux pour les aider. La blonde aux yeux bleus.

— Fortuna ?

Il acquiesça.

Je me levai d'un coup, enfilai un pull avant de m'exprimer :

— Bon, O.K, on y va, on va les traquer, il faut qu'on y aille, faut les attraper avant ce soir !

Damien se leva, m'attrapa par le bras doucement et essaya de me raisonner :

— Non, Lou attends ! Tu ne peux pas, tu dois aller en cours !

Je regardai l'heure et constatai qu'en effet, il était presque l'heure de partir.

— Nan mais, on s'en fout des cours. Il faut qu'on les attrape avant ce soir !

— Nan arrête, y a déjà une équipe qui patrouille. Toi, il faut que tu ailles en cours et que tu assures ta matinée car cet après-midi, s'ils ne parviennent pas à les avoir, tu vas devoir manquer pour venir à l'Agence. On va faire une réunion pour mettre en place un plan d'attaque pour ce soir. Et ils ont parlé de te mettre sur le coup.

— Quoi moi ?

— Oui, t'as vraiment assuré hier et comme tu peux voler, tu peux être grave utile. Bref, ils t'expliqueront tout, tout à l'heure … en attendant faut que tu…

— Lou ! Tu vas être en retard au lycée ! C'était ma mère.

Prise de panique, j'ouvris la fenêtre de ma chambre :

— Faut que tu partes, elle va te voir !

Damien enjamba la fenêtre puis il se tourna vers moi et me dit :

— A plus tard, courage au Lycée. Puis il s'éclipsa.

Après m'être préparée, avoir pris mon déjeuner en vitesse, je saisis mon skate et me dirigeai droit vers la sortie, direction le lycée. Ce jour-là, mon frère n'avait pas cours le matin donc Mathieu et Charlène qui étaient dans sa classe n'avaient pas cours non plus.

A l'entrée du lycée, se trouvait déjà mes amis, Lorry, Jessica et Tom qui m'attendaient comme d'habitude. Je constatai qu'ils faisaient une drôle de tête. Je m'approchai et les saluai :

— Salut tout le monde, vous êtes au courant pour hier ?

— Oui, hier, Mathieu m'a tout expliqué quand on t'a ramenée chez toi. Expliqua Jessica avant de marquer une pause puis poursuivre ; Et toi t'es au courant ? Y a eu... encore une victime, cette nuit... Une jeune femme de 25 ans... Elle était dans une ruelle, pas loin du lycée.

— Merde... Elle a dû croiser leur chemin après qu'on les ait repoussé du lycée... Si seulement on avait écouté Mathieu... Il avait raison. C'est de ma faute, notre faute...

— C'est bon Lou, arrête de culpabiliser. Vous allez les avoir, de toute façon. C'est ce soir, le big combat ! C'est sûr, vous allez les exterminer Lou !

Une bande de jeunes passa à côté de nous. L'un deux dit :

— Ouais, ça s'est passé pas loin du lycée, ce truc se rapproche de la ville, on dirait...

Je pris une grande inspiration puis m'exclamai fermement :

— On va les avoir ces monstres... En attendant, je vais affronter un truc bien plus terrifiant...

Alors qu'ils me regardaient tous les trois, étonnés, je repris avec un sourire :

— Bah oui, on a cours de maths !

La matinée passa plutôt vite. A l'heure de midi, j'appelai ma mère pour lui dire que je ne me sentais pas bien, que j'allais rentrer pour me reposer. Cette dernière, craignant que ça ne soit la grippe, accepta de téléphoner au directeur pour le prévenir. Elle prit rendez-vous chez le médecin pour le lendemain après-midi. Évidemment, j'allais très bien, tout ceci était un plan pour me rendre à l'Agence.

La maison était vide, mes parents ne rentraient pas avant 17h ou 18h. Je verrouillai ma chambre et passai la fenêtre pour partir. J'avais prévu de retourner à la maison dans les horaires de mes parents pour qu'ils constatent que j'étais bien là. Je prévoyais de leur dire que j'allais m'enfermer pour bien me reposer. En fait, je sortirai affronter les loups garous avec les Maîtres.

Alors que je quittai la maison et m'apprêtai à détaler à l'Agence, j'aperçus Benjamin qui venait à ma rencontre :

— A quoi tu joues ! Tu m'as pas calculé ce matin ! T'avais l'air complètement ailleurs ! me cria-t-il.

— Je suis malade Ben, c'est pour ça que je suis rentrée !

— T'avais pas l'air malade hier soir quand tu t'éclatais avec tous tes mecs !

— Quoi ? Nan, mais tu vas pas recommencer avec ça, je t'ai dit que j'étais en cours de rattrapage !

— Arrête avec cette excuse ! Me prends pas pour un con, c'est pas juste un pote de rattrapage. J'ai vu comment il te regardait !

— Écoute Ben, c'est pas le moment là, je dois aller…

— Le retrouver ? C'est ça ?

— Quoi ? Mais non ! Je vais… à la pharmacie, chercher des médicaments parce que je couve peut-être une grippe.

Il me regarda, dubitatif puis me dit :

— T'as l'air plutôt en forme pour quelqu'un qui a la grippe…

Exaspérée, je levai un peu le ton :

— Tu ne fais pas confiance ? Si tu n'as pas confiance en moi alors je vois vraiment pas pourquoi tu restes avec moi… Et puis c'est plutôt moi qui devrait être jalouse. T'es toujours collé à Estelle ! Elle est à fond sur toi et toi, tu crois que ça ne me fait pas du mal ?

— Je m'en fous d'Estelle !

— Je le sais ! Parce que moi, je te crois, j'ai confiance en toi…

Il se tut un instant et reprit :

— Lou écoute… bébé, je voulais pas m'énerver, c'est juste que..je tiens à toi et que…

Au loin Anthony et Brice attendaient :

— Allez mec, grouille, on t'attend.

Je réfléchis un moment puis repris :

— C'est juste que c'est eux qui te montent contre moi c'est ça ?

Il me regarda, sans répondre.

Je me tus à mon tour. Il se pencha et m'embrassa sur le front.

— Je tiens grave à toi Gallagher…

Il me caressa le visage et tourna les talons.

J'avais le cœur gros. Je connaissais bien Benjamin. Je le savais jaloux mais je savais aussi que ses copains avaient une forte influence sur lui. Le beau mec sportif ne pouvait pas sortir avec la skateuse rebelle, timide et coincée. Je faisais tache dans leur bande. Je mis cette histoire dans un coin de ma tête et me promettant de régler ça plus tard avec lui. Pour le moment ma priorité, c'était mon travail de Protectrice.

Je me rendis donc à l'Agence. Dans la bibliothèque, Stan était là, ainsi que Cédric, Mustapha, Fortuna et Jean-François.

— Bonjour Lou ! Comment te sens-tu, me demanda Stan.

— Salut tout le monde… ça va. Je suis en forme. Il n'y a que vous ?

— Yann, Orphée, Damien, Jérôme et Yannick sont en patrouille dans la ville pour protéger les gens d'éventuels monstres. Les autres sont en cours, expliqua Stan.

— Fred est toujours en Angleterre pour le conseil des sorciers ? demandai-je.

— Yes ! répondit Cédric.

— Bien… Bon…Alors, je suppose que vous n'avez pas retrouvé Damon et Flavio…

Fortuna baissa les yeux et répondit :

— Non, j'ai participé toute la matinée aux recherches à l'aide de mon flair et aucune trace d'eux… je pense qu'ils ont quitté la ville…

Désemparée, je pris la parole :

— Ils nous ont filé entre les doigts si je comprends bien. Donc c'est quoi le plan maintenant ? Pour affronter ces créatures, il nous faudrait…

— Trois gentilles sorcières qui pourraient lancer un sort de localisation par exemple ?

Je tournai la tête et aperçut Angélique, toujours aussi élégante, fidèle à elle-même. Elle entra dans salle suivie de ses deux sœurs, Aurélie et Audrey.

— Tu as eu Frédéric au téléphone ? demanda Cédric.

— Oui, il m'a tout expliqué. Je dois vous avouer qu'il n'était pas très rassuré à l'idée que l'on lance un tel sort en son absence mais, je l'ai convaincu. Nous allons préparer l'incantation, ça sera plus pratique.

Le don de la sorcellerie fonctionnait de la même manière que les autres dons : ça n'est qu'à l'âge de la maturité que l'on parvenait à maîtriser pleinement ce pouvoir. La seule différence est que ce don-là était vraiment très rare et se transmettait génétiquement. Fred, lors de mes cours sur le surnaturel, m'avait expliqué qu'il y avait peu de sorciers dans le monde, qu'ils avaient des restrictions au niveau de leurs pouvoirs, des règles à respecter dont la toute première était de n'utiliser leurs pouvoirs que pour combattre le Mal. Et surtout, ils ne devaient pas enfreindre les règles de la Nature.

Un sorcier adulte devenait puissant et pouvait lancer des sorts qui pouvaient être très utiles dans notre lutte contre le Mal. Il m'avait aussi expliqué que tout comme nous, les sorciers pouvaient se connecter pour être plus puissants. Les trois sœurs par exemple, en s'unissant toutes les trois, avec « le pouvoir des trois », parvenaient à lancer des sorts incroyablement puissants mais fallait-il encore qu'elles soient matures. C'est pourquoi, Frédéric, Angélique et ses sœurs étaient souvent en déplacement en Angleterre. C'est là que se situait le centre de regroupement des sorciers. Là, dans ce point de formation, le peu de sorciers du Monde s'y réunissaient, s'entraidaient, travaillaient ensemble leurs pouvoirs magiques afin de les mettre à profit pour la protection de l'Humanité.

— Parfait les filles, nous allons vous laisser travailler. Nous, on va devoir mettre au point notre plan pour ce soir, dit Stan.

— Ça marche. On va aller s'installer dans notre chambre pour lancer le sort. On revient vers vous dès qu'on a la réponse…

— Merci les filles… remercia Stan. Alors que nos trois sorcières quittaient la salle, Stan les interpella :

— Euh… les filles… essayez de ne pas faire de bêtises !

Angélique se mit à rire, imitée par ses sœurs et elle rassura Stan en lui disant que tout se passerait bien. Stan devint plus sérieux et se tourna vers Fortuna et Jean-François puis il s'adressa à eux d'une voix douce :

— Bon… Nous n'avons plus qu'à attendre de savoir où ils se trouvent. Nous établirons un plan afin de les combattre une fois

qu'ils seront transformés en loups garous. Car, petit rappel, si on tue l'être humain, le loup ne meurt pas. Si on tue le loup, il meurt et l'humain en lui meurt aussi, malheureusement… J'en suis navré… Mais… Fortuna… Jean-François… Vous avez conscience que vue la situation, notre devoir en tant que Protecteurs est de les éliminer ?

Jean-François baissa les yeux puis répondit :

— J'en ai parfaitement conscience… Ce n'est pas facile de se dire qu'on va tuer des êtres que nous avons considérés comme notre propre famille… Mais je sais qui je veux être. J'ai choisi mon camp. Je veux devenir un Protecteur. Pas un monstre.

Un sourire s'afficha sur le visage de Fortuna. Cette dernière ajouta :

— Je crois que je n'ai pas besoin d'en rajouter. Mon frère a tout dit. Moi aussi je sais qui je veux être. Et… J'ai trouvé une nouvelle famille, ici…

Les Maîtres se contemplèrent en souriant. Cédric s'adressa à JF :

— Alors bienvenus dans famille ! Des loups qui vont combattre à nos côtés, c'est trop mystique !

Tout le petit groupe se mit à rire. C'était officiel. Mes deux nouveaux amis faisaient vraiment partie de l'équipe.

Je passai mon après-midi à m'entraîner, tout d'abord en salle de combat avec Cédric. Je maîtrisais de mieux en mieux les arts martiaux et la box thaï. Il était très fier de moi. Ensuite, je passai dans la salle d'à côté avec Yann afin de travailler la télékinésie. Je consacrai deux longues heures d'entraînement à essayer de pousser des choses lourdes et je réussis avec succès. Je me sentis prête à affronter les loups garous. Il fallait juste que je gère mon stress qui m'avait empêchée d'être au top de ma forme la veille. Ma longue journée d'entraînement se termina par un exercice en extérieur pour travailler la déportation dans les airs. Cela me permit de progresser encore.

17h, ma mère n'allait pas tarder à rentrer. Elle me croyait malade, il fallait que je rentre à la maison afin qu'elle me voit au lit. Ensuite, je pourrai m'éclipser pour aller en mission.

De retour dans la bibliothèque, je rejoignis Mya et tous les membres de l'équipe 2 qui étaient présents. Nos trois sorcières semblaient avoir terminé leur rituel. Angélique installa une carte sur la table puis nous expliqua :

— Alors ! Je vais être honnête, ça n'a pas été facile, on a du s'y reprendre à plusieurs reprises…

— A cause d'Aurélie qui ne faisait que jacter pendant l'incantation ! rouspéta Audrey.

Angélique lui jeta un regard sévère et l'invita à se taire tandis qu'Aurélie lui faisait des grimaces pour la taquiner. De vraies gamines !!

— Ils sont dans les bois de Mystique Lac, juste ici. Le sort a fonctionné à merveille ! Nous avons pu faire apparaître un petit point rouge juste à l'endroit où ils se sont installés !

Yann ajouta :

— Génial. On fait ce qu'on a dit. Lou, tu passes chez toi, on te récupère aux alentours de 19h30 à la fenêtre de ta chambre. Nous partirons, toi, Stan, Cédric et moi.

Soudain la voix d'Audrey se fit entendre :

— Euh et nous, vous nous oubliez ?

Stan se tourna vers elle, surpris. La jeune fille, avança sûre d'elle puis reprit :

— On vient avec vous !

Yann qui était tout aussi surpris, s'adressa à son tour à la jeune sorcière :

— Non les filles, hors de question ! Fred a été clair, vous ne maîtrisez pas encore assez vos pouvoirs pour nous accompagner en patrouille, surtout dans une situation comme celle-ci. Ce sont des loups garous, ils sont très puissants. Vous restez ici.

Aurélie, déçue s'exclama à son tour :

— Mais enfin Stan, nous pourrions vous être utiles !

Angélique ajouta :

— Elles ont raison. Nous possédons des pouvoirs et nous pourrions vous être d'une aide précieuse. J'ai conscience que la magie n'est pas à prendre à la légère, que nous sommes encore jeunes, que nous ne maîtrisons pas encore nos pouvoirs comme le ferai un Maître mais c'est tellement frustrant de voir les combattants participer aux patrouilles, tuer des vampires, des monstres et nous, nous sommes toujours en retrait sous prétexte qu'utiliser la magie sur le terrain pourrait être dangereux…

Orphée qui était assise et écoutait, donna son avis :

— Elles n'ont pas tout à fait tord. Elles ont encore beaucoup de choses à apprendre mais elles ont quand même du potentiel. Pourquoi ne viendraient-elle pas ce soir ? On pourrait leur donner une chance…

Cédric prit la parole à son tour :

— Nan, on a déjà préparé un plan. On va déjà avoir Lou à couvrir. Ne le prenez pas mal les filles mais j'ai pas envie d'avoir trois personnes de plus à protéger.

Sur ses mots il se plaça devant le tableau, puis expliqua le plan :

— Bon, nous en sommes là… Nous devons les éliminer nous n'avons plus le choix. Mais nous avons aussi la ville et ses alentours à protéger. C'est pourquoi nous avons décidé que Mustapha, Yann, Stan et Lou travailleront ensemble. Je les accompagnerais bien sûr. Tous les autres seront de patrouille. Mya sera là pour vous aider.

— Je ne dis jamais non à l'idée de massacrer des vampires ! intervint joyeusement la jolie Mya.

Cédric poursuivit :

— Il faudrait qu'on arrive à les attirer juste devant l'entrée de la forêt de Mystique lac. Vous savez, où il y a cet espèce de bâtisse abandonnée !

— JF et moi, pouvons leur tendre un piège… proposa Fortuna.

— Comment peux-tu être sûre qu'il tombera dans le panneau ?

— Ils sont forts… Mais pas très malins. Croyez-moi. Ça peut marcher.

— Ce serait parfait… Y a un immense et vaste terrain entre le baraquement abandonné et le bois. Mustapha et Yann se tiendront en haut de la bâtisse avec Stan. Ils se posteront sur le toit. A l'aide de son pouvoir, Mustapha pourra faire en sorte de jouer avec les éléments pour les séparer. Yann et Stan pourront les figer avec leur pourvoir de télékinésie. Ce qui permettrait à Lou et à moi-même d'en poignarder un chacun.

— Je suis partante ! déclarai-je tandis qu'Orphée n'avait pas du tout l'air d'approuver.

— Attendez, j'ai du mal à comprendre pourquoi impliquer Lou dans ce combat ? Ça n'est qu'une apprentie…

— Une apprentie qui peut voler. C'est un putain d'avantage. Et… elle est très forte Orphée, faut regarder les choses en face. Rappelle-toi ce qu'elle a fait à Edgard.

Orphée préféra se taire. Quant à moi, je ne relevai pas. Stan déclara :

— C'est parfait ! Avec un tel plan, nous allons y arriver !

J'avais du mal à réaliser. Je savais que les Maîtres m'avaient choisie pour aller affronter les loups garous avec eux mais jusqu'à maintenant, je n'avais pas encore pas réalisé à quel point cela me rendait importante. J'étais contente et fière, mais quelque part au fond de moi des peurs étaient enfouies. J'étais différentes des autres, touchée par les dons, je le savais mais où cela allait-il me mener ? Vers le Bien ou le Mal, comme c'était arrivé à ce garçon en Chine ?

Alors que j'étais perdue dans mes pensées, Yann m'appela tout à coup ce qui me fit sursauter.

— Lou ! Il faut que tu rentres chez toi à présent, avant que tes parents ne reviennent.

Je me levai tranquillement puis m'adressai au groupe :

— Ouais, je dois filer. Bon, je vous dis à ce soir !

Sur ces mots, je quittai l'Agence et rentrai illico à la maison. Je fis en sorte que le plan se déroule comme prévu. Ma mère rentra à la maison, me trouva au lit, pas en forme. Après m'avoir ordonné de rester couchée, j'acquiesçai avec une moue abattue. Quand l'heure du repas du soir fut venu, ma mère m'apporta un bol de soupe avec un petit suisse, comme elle le faisait toujours quand j'étais malade. Je mangeai avec peu d'appétit, comme prévu et expliquai que j'avais vraiment besoin de dormir et je me retournai dans mon lit. J'avais au préalable installé à côté de mon lit une petite bassine qui servirait en cas de vomissements, histoire de vraiment mettre le paquet. Alors que l'heure du rendez-vous avec les chefs approchait, je ne tenais plus en place. Soudain j'entendis toquer à ma fenêtre. Je m'approchai méfiante tout de même, me penchai et constatai que c'était bien Yann qui m'attendait.

— Prête ? me dit-il.

— Parée! m'exclamai-je à mi-voix.

Il attrapa ma main puis me tira soudainement dans le vide. Je fus surprise lorsque je me rendis compte que j'avais atterrie dans une voiture hyper classe, noire, décapotable, qui volait dans les airs.

— Waouh, mais c'est quoi ce bolide ? fis-je émerveillée.

— Elle est classe hein ? C'est celle de Fred ! répondit Cédric, au volant.

Il était habillé en noir, à la Men in black, comme Stan. Stan était installé à l'avant, côté passager et je pris place à l'arrière près de Yann.

Où sont les autres ? demandai-je.

— Déjà là-bas. Allez prête pour le décollage ? demanda Cédric en faisant chauffer le moteur.

— Euh, je suis pas sûre ! Yann, Stan, on va vraiment laisser Cédric conduire ?

Je n'eus pas le temps d'obtenir de réponse, il démarra et la voiture s'envola dans les airs à une vitesse incroyable !

— Attachez vos ceintures ! cria-t-il avant d'accélérer de plus belle et de faire redescendre la voiture à toute allure. J'avais l'impression d'être dans un manège à sensations.

Alors que nous volions à une vitesse folle, Cédric criait comme un fou :

— Waouh ouh ouh ! C'est trop mystique !

Yann riait, Stan, lui ronchonnait, demandant à Cédric de rester sérieux. Quant à moi, je me retenais pour ne pas vomir dans la voiture magique de Fred.

Le trajet fut court. Cédric redescendit la voiture tout doucement, la gara sur le toit d'une espèce de vielle bâtisse abandonnée. Yann descendit et me tendit la main pour m'aider à descendre. L'endroit était sombre et désert.

— Je déteste cet endroit, à chaque fois qu'on traverse la route et qu'on regarde les bois à travers la fenêtre, avec mon frère, on se dit toujours que c'est flippant et qu'on n'aimerait pas être tout seul ici…

— Allez un peu de courage, Lou, t'es avec moi ! tenta de me rassurer Cédric.

— C'est pas ce qui me rassure le plus ! répondis-je ironiquement afin de faire redescendre la pression.

Cédric et moi descendîmes de la bâtisse et nous rejoignîmes nos places. Soudain, un hurlement se fit entendre et deux loups garous arrivèrent en courant pour se placer devant nous. Quand ils furent assez proches, je constatai avec soulagement qu'il s'agissait de Fortuna et JF.

Il ne s'écoula pas beaucoup de temps avant que Damon et Flavio, eux aussi changé en loups, ne rappliquent. Quand ils réalisèrent qu'on leur avait tendu un piège, Damon poussa un grognement qui me terrorisa. À partir de là, tout se déroula très vite…

Stan, à l'aide de la télékinésie, éjecta Flavio à plusieurs mètres puis le suivit. Mustapha se servit de son pouvoir afin de rassembler la terre pour créer une sorte d'immense barrage entre les deux frères. Nous pouvions ainsi les combattre séparément et il construisit une sorte d'énorme barrière de branchages afin de les retenir captifs.

Mustapha qui était comme prévu debout sur le toit, avait les mains en l'air et fixait l'arbre derrière les loups garous. Soudain, des sortes de racines sortirent de l'arbre et se mirent à s'enrouler autour des deux monstres. Cela les retint prisonniers. Le plan avait l'air de fonctionner. Cédric s'apprêta à courir afin de tuer le loup avec le poignard argenté et je me préparai à faire de même pour Damon, quand soudain Mustapha cria :

— Il est trop fort !

Damon parvint à se détacher. Yann et Stan essayèrent alors d'en retenir un chacun avec le pouvoir de télékinésie. Ils restèrent figés quelques secondes. Cédric et moi, nous nous regardâmes puis nous courûmes en direction des loups pour tenter de les poignarder. Mais malheureusement, les créatures étaient trop puissantes et elles réussirent à se libérer du pouvoir des Maîtres, qui pourtant, eux aussi étaient puissants. En une vitesse éclair, Damon se libéra, escalada le barrage puis d'un coup de patte libéra son frère. Comprenant que nous étions trop nombreux pour eux, ils se préparèrent à battre en retraite. J'aperçus, à ce moment-là Angélique à califourchon sur son balai volant se pointant dans la zone de combat :

— Où comptez-vous allez comme ça ? Et elle cria « Lumière » !

Une boule de lumière apparut entre ses mains qu'elle pointa vers Flavio qui fut totalement ébloui. Il secoua la tête puis tenta d'escalader l'énorme barrage en terre afin de se sauver. Mais Aurélie arriva à son tour sur son balai et à l'aide d'un sortilège, elle fit apparaître une deuxième boule de lumière qui le fit tomber en arrière et atterrir sur le sol.

Damon de son côté tenta de foncer droit sur Cédric et moi. JF s'interposa et le frappa violemment avec sa patte, l'envoyant plus loin alors que Fortuna se jetait sur lui. Les deux ex-amoureux commencèrent à se battre. Voyant qu'il était trop fort pour elle, Stan parvint à les séparer grâce à son don de télékinésie. Damon se releva puis se jeta sur JF. A notre plus grande surprise, Flavio revint à la bagarre afin de défendre JF. Damon blessa son frère et l'envoya planer plus loin. Yann figea Flavio grâce à son pouvoir ce qui permit à Cédric de le poignarder en plein cœur. Damon, encerclé et ivre de colère contre ceux qui avaient tué son frère, grondait en nous regardant méchamment. Les trois sorcières lancèrent en chœur un sortilège et une énorme boule de lumière en sortit, ce qui aveugla le loup garou. Cédric tenta de s'approcher de lui mais il donnait encore de grands coups de pattes. Damon arracha un tronc d'arbre et le lança violemment sur Cédric. Mustapha ligota de nouveau le monstre grâce à son don pendant que Stan et Yann s'unissaient toujours pour le figer. C'est ainsi que moi, poignard en main, je m'envolai droit sur lui et le poignardai un plein cœur.

— C'est terminé, mec ! Dommage que t'aies laissé ton orgueil te bouffer et que t'aies laissé le loup en toi faire de toi un monstre... comme Henri..., lui dis-je juste avant d'enfoncer le poignard jusqu'à la garde.

Comme nous l'avait conseillé Mya, nous brûlâmes les loups garous. Fortuna et JF reprirent forme humaine. JF était blessé mais c'était sans gravité. Angélique, Aurélie et Audrey se firent disputer par Stan pour être venues alors qu'elles n'en n'avaient pas le droit mais il leur avoua qu'elles nous avaient sauvé la mise. Il les félicita pour leur courage. Il leur promit de discuter avec Fred à son retour afin de le convaincre de les investir davantage dans les patrouilles. Alors que nous reprenions des forces, tout en plaisantant tous ensemble, j'aperçus Fortuna, qui était tournée vers le feu crématoire de son ex, sa capuche sur la tête l'air triste. Je m'approchai d'elle pour la consoler :

— Comment te sens-tu ?

Elle me regarda puis me dit :

— Je me sens tellement bête… Comment j'ai pu être aussi naïve… Et comment j'ai pu entraîner mon frère là dedans…

Je lui frottai le dos amicalement et lui dis :

— L'amour peut nous faire faire des trucs dingues parfois.

— Ouais, ça tu peux le dire… C'est vrai, j'étais tellement amoureuse, j'aurais fait n'importe quoi pour rester avec lui…

— Mais heureusement, tu as aussi ce lien très fusionnel avec ton frère alors tu n'as pas pu choisir… Ce que je peux comprendre.

— C'est ça… J'ai été tellement égoïste Lou…

— Ça va aller maintenant… Tu as en toi le pouvoir de te racheter.

— Je sais… Et je compte mettre tout mon cœur pour le faire… Tiens, regarde, il fait déjà jour…

Je levai les yeux vers le ciel et réalisai qu'effectivement un nouveau jour se levait.

Chapitre 15
Une discussion

Les Maîtres me raccompagnèrent chez moi comme prévu. Une fois à la maison, après cette longue nuit passée à tuer les loups garous, je m'affalai sur mon lit et roupillai toute la matinée. Puis vers 12h, je téléphonai à ma mère qui était au travail pour lui dire que je me sentais mieux et que j'allais donc pouvoir retourner au lycée. J'eus également Océane au téléphone qui m'annonça qu'elle allait mieux et qu'elle était rentrée chez elle.

Je me rendis donc au lycée, l'après-midi, après avoir mangé. Devant le portail m'attendait la bande, fidèle à son poste.

— Bravo pour hier ! m'envoya Mathieu.

— Ça n'a pas été facile mais on y est arrivé.

— Encore une affaire résolue ! se réjouit Charlène.

Eddy qui se trouvait plus loin avec un groupe de copains, invita Mathieu et Charlène à les rejoindre pour avancer vers les classes. Tous les deux nous saluèrent puis partirent. Alors Jessica se leva et nous invita à faire de même. Je cherchai partout autour de moi dans l'espoir d'apercevoir Benjamin qui commençait à me manquer. Ne l'apercevant pas, c'est déçue que je suivis mes amis dans l'enceinte de l'école. Alors que nous passions devant le stade du lycée, je scrutai le terrain mais ne l'aperçus pas non plus. Nous arrivâmes en classe et nous nous installâmes à nos places pour le cours d'anglais.

Mr Lucas arriva dans la salle, nous salua, nous demanda de sortir nos affaires et alors que tout le monde s'exécutait, je tournai la tête vers le fond de la classe. J'aperçus enfin Benjamin qui entrait, suivi d'Estelle. Un sentiment de jalousie m'envahit soudain. Je dus faire preuve d'une immense concentration pour dompter mes émotions et ne faire aucun dégât. Il s'excusa auprès du prof et s'assit au fond de la classe. Elle prit une place à côté de lui. Je me tournai de nouveau vers le fond et Estelle me jeta un regard provocateur qui me fit bouillir de colère. Benjamin quant à lui, ne me regarda même pas. Je fus déçue et peinée mais je fis preuve de concentration, pris une profonde inspiration, expirai lentement puis tentai tant bien que mal de me concentrer afin de suivre le cours. Deux heures qui passèrent très lentement. Quand la sonnerie retentit et que l'heure de l'intercours fut venu, je me levai de ma chaise et me dirigeai droit vers la sortie afin d'essayer de trouver Benjamin pour lui parler mais malheureusement, je ne le vis pas. Je le cherchai encore pendant la pause mais ne le trouvai pas non plus. C'était vraiment louche. En général, on se voyait toujours pendant les pauses. J'avais clairement l'impression qu'il voulait m'éviter.

Alors que je retournai à ma place pour le cours suivant, Tom s'adressa à moi :

— T'en fais pas Lou, il va sûrement nous rejoindre à la sortie à 16h30.

— J'espère… lâchai-je.

Mathilde, qui était devenue la petite amie de Tom, de manière très officielle, et qui était assise avec nous, ajouta :

— Sérieusement Lou, t'as pas envie de la gifler la rousse qui n'arrête pas de le suivre partout ?

— Oh mais si ! Grave ! répondis-je avec conviction.

— Viens, on se l'a fait à la sortie ! On va lui montrer à qui elle à faire cette voleuse de mec !

Bien que l'idée était tentante, je repris mon calme et répondis à Mathilde :

— Je t'avoue que ça me démange aussi mais… avec ma réputation, ça causerait un renvoi. C'est gentil en tout cas.

— Mais de rien, solidarité féminine, me répondit-elle avec un petit clin d'œil.

Pour finir, nous nous rendîmes en cours de sport. Encore une fois impossible de chopper Ben qui s'était empressé de partir devant avec ses potes. Dans le vestiaire alors que je me changeais, je sentis mon téléphone vibrer. Je m'empressai de regarder et constatai que c'était un message de Benjamin :

« On se voit à la sortie quand tout le monde sera parti, faut qu'on ait une discussion. ».

Je le savais bien, j'avais compris qu'il y avait un problème et qu'il me faisait la tête. Alors que je scrutai l'écran de mon portable, j'entendis Jennifer parler :

— Ça y est, je crois qu'il lui a dit.

Énervée, je me dirigeai droit vers elle et sa bande puis m'adressai à elle :

— Bon, c'est quoi votre problème bande de pétasses ?

Jennifer s'esclaffa puis répondit :

— C'est plutôt toi qui a un problème ! On t'a même pas parlé, t'es complètement parano ! Allez venez, on bouge !

Elles partirent dans le gymnase où nous avions basket. Les filles et les garçons étaient séparés. Je ne pouvait pas, une fois plus, aller voir Benjamin et le temps paraissait trop long. Nous avions fait plusieurs petits groupes et le prof organisait de petits matchs. Quand mon tour fut venu, j'avais dans mon équipe Mathilde, Jessica et Lorry ainsi que deux autres filles et dans l'équipe adverse, il y avait Jennifer, sa bande et d'autres élèves. Elles n'avaient fait que me provoquer tout le long du cours et je vous avoue que ce fut un véritable soulagement d'envoyer la balle en pleine tête d'Estelle. Je trichai un peu en utilisant mon pouvoir ce qui me permit de faire tomber Jennifer en attachant ses lacets ensemble, comme à la cantine. A un autre moment, alors que Lylie se penchait pour boire dans les vestiaires, j'envoyai un immense jet d'eau sur elle, toujours à l'aide de mes pouvoirs.

La fin des cours sonna enfin. Le moment de parler avec Benjamin allait bientôt arriver et je commençais sérieusement à stresser.

Alors que nous nous dirigions vers le portail, mes copines essayèrent tant bien que mal de me réconforter.

— Allez Lou, no stress. Ça va aller, me dit Lorry.

— Elle a raison, je suis sûre que c'est rien. Il va peut-être juste te faire une petite crise de jalousie par rapport à Damien. Tu vas le rassurer et ça va finir avec de gros câlins ! me rassura Jessica.

Mathilde, quant à elle, n'était pas très positive et quelque chose me disait qu'elle avait raison.

— Moi, c'est cette pétasse d'Estelle qui m'énerve. J'espère qu'elle ne l'a pas monté contre toi. J'ai cru comprendre qu'ils sont sortis ensemble avant, nan ?

— Ouais, c'est son ex…

— Mon frère ne va pas tarder à passer me prendre. Tu me tiendras au courant par message ?

J'acquiesçai, regardant mon téléphone. J'avais une énorme boule au ventre.

— Tu veux qu'on attende avec toi ? me demanda Jessica.

— Nan, ça va aller les filles. Je vous expliquerai par message.

Soudain la voix de Tom se fit entendre :

— **VENGEANCE !**

Ne comprenant pas, je fronçai les sourcils.

— Bar, baby-foot, vengeance !

— Attends, Lou doit parler avec Benjamin… répondit Lorry.

— C'est bon, allez-y, ne vous inquiétez pas.

Mes amis m'enlacèrent puis partirent en direction de la sortie. Quant à moi, je restai sous le porche qui abritait le CDI, le bureau du psy et l'infirmerie. Il ne restait quasiment personne. Je me calai contre un mur, sortis mon Ipod et commençai à écouter de la musique pour me détendre. Je commençais à me sentir mieux quand soudain je l'aperçus. Il arrivait de l'autre côté du porche. Il portait un ensemble de jogging qui lui allait à ravir. Mon cœur se mit à battre la chamade, j'avais envie de lui sauter au cou. Quantà lui, il avait l'air triste. Je me levai, lui fis un signe, il approcha tout doucement sans me rendre mon salut puis quand il fut tout prêt :

— Salut toi, lâchai-je timidement.

— Salut...

Il baissa les yeux.

Je m'approchai plus près encore pour lui faire un bisou mais il recula légèrement et me dit :

— Lou, faut qu'on parle...

Le stress m'envahit de nouveau. Je gardai mon calme, puis répondis :

— Ouais, j'avais compris que tu voulais me parler... Écoute Benjamin si c'est par rapport à Damien, je te jure qu'il n'y a rien du tout entre nous...

— Lou, arrête, Brice m'a dit qu'il t'a vu avec lui l'autre soir au Hard Rock Café... Le soir où tu étais sensée être avec moi...

Et mince... Comment allais-je me sortir de cette situation... ?

Je tournai en rond un moment puis me décidai à parler :

— C'est vrai, j'ai été avec lui là-bas à un moment donné dans la soirée mais ça ne veut pas dire que je te trompe avec lui !

— Je comprends... Il a le même style que toi, vous avez les mêmes kifs...

— Mais arrête ! Il faut que tu me fasses confiance ! Je te jure qu'il n'y a rien entre nous, c'est un pote. Écoute.. Je m'ennuyais, tu dansais avec tes potes, à un moment donné, tu parlais avec la serveuse donc oui, je suis allée faire un petit tour avec lui au bar mais je te jure que c'était amical. Tu sais, j'ai plus de raisons d'être jalouse que toi, regarde-toi et regarde-moi, toutes les filles te dévisagent partout où tu vas... Et toi, ça te plaît, ne me mens pas et avoue-le !

— C'est vrai que j'aime plaire, c'est pas pour autant que je vois des filles dans ton dos...

— Là, t'es dur… Et Estelle, on en parle ? Tiens, tu peux m'expliquer pourquoi vous êtes arrivés en retard ensemble tout à l'heure ?!

— On a parlé, c'est tout. Elle m'a demandé si je voulais me remettre avec elle mais…

— Quoi ? T'es sérieux ?

— Je lui ai dit que je n'savais pas…

Une douleur s'installa dans ma poitrine. Je n'avais jamais ressenti ça, les larmes commençaient à monter.

— Quoi ? Que tu allais réfléchir ? Parce que tu y penses ?

Il se sentit bête, hésita puis reprit :

— Nan, je vais lui dire non !

— J'arrive pas y croire… T'es vraiment un sale…

— Un sale quoi ?

— Un sale menteur ! Moi qui pensait que tu m'aimais !! Et quand je pense que j'étais à deux doigts de coucher avec toi…

— Lou attends… Je t'aime et j'vais pas me remettre avec elle. C'est juste que…

— Quoi ? C'est juste que quoi ? Ça a toujours été un peu compliqué entre nous mais de là à hésiter à te remettre avec ton ex, pour la simple raison que j'ai été boire un verre avec un copain, tu perds pas de temps…

— Je t'ai dit que je ne me remettrai pas avec elle, bordel ! Lou… J'ai beau être dingue de toi, j'arrive pas à te cerner par moment. J'ai comme l'impression que tu me caches quelque chose et pas que concernant ce mec… T'as souvent l'air ailleurs….

— Nan mais là tu cherches des excuses Ben ! Tu veux en venir où ? Je crois que je comprends… Tu préfères te mettre avec une fille qui couche, c'est ça ?

— Mais non ! Pas du tout !

— Alors c'est quoi le problème ?

Il ne répondit pas...

— Tes connards de potes t'ont bien monté contre moi...

— Arrête, ce sont mes amis depuis des années... mets-toi à ma place. Depuis que je suis avec toi, on fait que de se prendre la tête... Ça, je peux encore le surmonter mais si en plus, tu vois des mecs dans mon dos et que tu me caches des choses... Je suis tellement accro à toi que ça me rend dingue de t'imaginer avec un autre, tu ne peux pas savoir à quel point... J'ai besoin de réfléchir, de faire le vide... Y a le bac à la fin de l'année... faut que je me concentre sur mes études... J'ai pas envie de me prendre la tête.

Je m'approchai doucement de lui, tentai de nouveau un bisou. Il recula puis me dit :

— Lou, c'est fini entre nous...

Il posa sa main sur mon visage, il me contempla l'air triste, puis s'en alla.

La douleur dans ma poitrine devint plus forte, tellement forte que je ne pouvais à peine respirer... C'était horrible, les larmes coulaient toutes seules. Dos contre le mur, je me laissai doucement glisser au sol, jusqu'à ce que je sois complètement assise par terre, recroquevillée, le visage enfoui dans les genoux.
J'éclatai enfin en sanglots.

Jay qui sortait du CDI, me voyant dans cet état se précipita vers moi. Je n'entendais pas bien, comme si un choc s'était produit, ça résonnait dans mes oreilles, je crus entendre.

— Lou, qu'est-ce qu'il t'arrive, miss ?

Je pleurais tellement que je n'arrivais même pas à parler. Le ciel devint tout gris, la pluie commença à

tombe puis y eut un éclair dans le ciel et le tonnerre
éclata.

Épilogue : Un revenant

Cher journal,

Aujourd'hui j'ai eu une vision. Celle de cette petite garce de Lou, qui m'est apparue, anéantie et vulnérable. Il n'y a pas grand-chose qui peut effrayer un vampire, surtout un vampire aussi vieux que moi. Je suis doté d'un don qui me permet de voir l'avenir. Depuis le temps que j'erre sur cette terre, j'ai acquis des pouvoirs qui me permettent de me transformer en animal, doté d'une immense force. Mais je dois l'avouer, cette petite garce de Lou me fait peur. Je peux sentir sa force, je peux voir ce qu'elle est capable de faire. Elle a arraché le cœur de mon pauvre frère ! Alors, il n'est plus question de la transformer, comme il l'aurait voulu, je veux juste l'anéantir, la pulvériser, elle, ainsi que tous ces petits soi-disant héros, défenseurs de l'Humanité.

Elle est anéantie, je peux sentir sa tristesse. Faudra que je pense à remercier le petit malin qui l'a quittée. Je n'ai qu'une envie maintenant, me venger sans attirer l'attention sur moi ni être grillé par leur petite peste de voyante. Mais j'ai un plan.

Du côté d'Océane

Assise sur son lit, Océane regardait avec le sourire aux lèvres les petits mots lui souhaitant un bon retour à l'agence. Ethan contemplait sa petite amie, heureux de la voir rétablie. Alors qu'il s'approchait d'elle, il s'aperçut que son sourire disparaissait, que ses yeux se perdaient dans le vide. Il se précipita alors plus près d'elle afin de lui demander ce qu'il lui arrivait. Cette dernière, une fois revenue à la réalité répondit au bout de quelques secondes…

— J'ai un très, mauvais pressentiment…

Tu as aimé ce tome 2 ? Découvre un extrait du troisième tome de la saga LES PROTECTEURS : La revanche du vampire :

« Le journal de Dimitri, Russie

Cher Journal

C'est aujourd'hui que commence la première partie de mon plan. Je me tiens là, assis dans ce car rempli de voyageurs provenant du Loiret et ils ont l'air tous aussi délicieux les uns que les autres. Je suis vêtu d'un gros pull à capuche et d'une grande cape afin de me protéger de la lumière de l'extérieur. Je les regarde, l'eau à la bouche, tel un animal sauvage qui guette ses proies. Je dévore des yeux ce jeune couple d'amoureux. Ils ont l'air si heureux, croyant avoir la vie devant eux. Je fais de même avec cette jeune femme souriante qui regarde par la fenêtre en tenant la photo d'un petit garçon, probablement un proche qu'elle doit retrouver à son arrivée. Enfin je crois. À vrai dire je m'en fiche complètement car j'ai la ferme intention de tuer tout le monde... du moins une bonne partie, et je transformerai les autres, afin de m'amuser un peu. La prochaine sera cette jeune femme qui se caresse le ventre. Je peux sentir la vie qui grandit en elle, c'est une sensation qui attendrit tellement les êtres humains.

Se trouvent dans ce car ces deux adolescents pénibles qui chahutent et cette maman qui s'occupe de cette petite fille. Cette adorable fillette d'environ neuf ans avec ses petites joues roses. Mon sens de l'ouïe étant extrêmement affiné, j'entends les petits battements de son cœur. Si je me trouve là, c'est dans un but précis, en finir avec cette bande de prétentieux justiciers et venger la mort de mon frère Edgard, ainsi que celles de bon nombre de mes congénères. Et je ne compte pas m'arrêter là. J'ai bien l'intention de leur déclarer la guerre en créant une armée de vampires. Je serai loin de Mystéria, ce qui me permettra d'échapper aux visions de leur petite garce de voyante !

Je dois le reconnaître, malgré son âge cette fille est sacrément douée mais si je reviens trop tôt en force à Mystéria, elle le verra, et les Protecteurs me devanceront. En attendant le grand jour, j'ai déjà envoyé quelques-uns de mes alliés attaquer partout dans le secteur qu'ils défendent... histoire de jouer un peu avec leurs nerfs.

Alors que nous traversons une petite route ornée de bois, je sors mon smart phone afin d'y regarder le portrait de mon ennemie, Lou et je sens la colère monter en moi. Elle me fait perdre le contrôle et j'écrase le cellulaire dans ma main. Je vais maintenant me lever afin d'accomplir ma vengeance. »

L'aventure continue !

Retrouve les Protecteurs dans de nouvelles aventures à travers de petites histoires !

LES PROTECTEURS

Les petites histoires

Le gardien

Mystéria, une fin de matinée aux cités, le quartier HLM de la ville. Cette histoire se déroule juste avant le tome 2…

Océane était chez ses parents, dans sa chambre. Elle était endormie et rêvait. Ou plutôt, elle cauchemardait. En effet, elle avait des visions effrayantes ; un homme avec un long manteau noir, un chapeau ancien, des gants, une canne avec un pommeau terrifiant, des enfants qui criaient, terrorisés, se faisant emporter par cet être maléfique.

Elle se réveilla en sursaut et en sueur poussant un cri d'effroi. Elle respira un bon coup, se calma puis se dirigea vers la cuisine ou elle se servit un verre d'eau. Contemplant par la fenêtre des enfants qui jouaient dehors, elle espéra que ça n'était qu'un mauvais rêve, et non un présage…

***

Calvin et Eden étaient sensés dormir. Mais ils en décidèrent autrement. Ils rallumèrent la lumière et jouèrent dans leur chambre, alors que leurs parents qui étaient passé les border, qui leur avaient fait un bisou et leur avaient souhaité une bonne nuit, avaient quitté la maison pour aller à leur soirée entre adultes. Ils avaient confié leur garde à leur grande sœur de 16 ans, qui en avait profité pour inviter son copain afin de regarder un film d'horreur.

Calvin, le plus petit, âgé de 4 ans, jouait calmement avec ses peluches dans son lit, Eden, âgé de 6 ans, jouait plus bruyamment avec ses soldats et n'arrêtait pas de faire des bruits désagréables et de rigoler comme un fou.

— Tu fais trop de bruit ! lui dit gentiment Calvin de sa petite voix.

— Ferme ta gamelle, toi ! occupe-toi de tes affaires !

— Mais Victoria va venir et elle va nous gronder…

— Et alors je m'en fiche ! Je lui dirai que c'est toi qui fais du bruit !

— Mais c'est pas juste, t'es méchant !

Eden ne répondit pas, il se contenta de rire comme un fou et de se moquer de son frère tout en sautant partout. Victoria, entendant le raffut, débaula dans la chambre :

— Mais qu'est-ce que vous foutez debout ! Recouchez-vous espèces de petits merdeux !

Eden lui tira la langue et lui répondit que ça n'était pas elle qui commandait.

— Papa et maman ne sont pas là, donc c'est moi

qui décide, Alors maintenant tu vas dormir ! Eden
après l'avoir insultée de sorcière moche, se mit à rire
comme un fou et la provoqua avec des bruits hyper
stressants. Au bout de plusieurs minutes de patience,
elle perdit son sang-froid et lui cria :

— Bon sang, mais tu vas la fermer ta BOUCHE !

Choqué par ce que venait de dire Victoria à son
petit frère, Rémy son petit ami entra dans la chambre
calmement et demanda :

— Qu'est ce qu'il se passe ici ?

— C'est ce sale gosse, il ne veut pas dormir !

Elle criait, pleine de colère, ce qui semblait
terroriser Calvin, qui depuis l'entrée de Victoria
n'avait pas bouger de sous sa couette.

— Eden, Calvin, il faut dormir maintenant… Ou
sinon vous allez mettre le Gardien en colère !

Victoria regarde Rémy, ne comprenant pas. Il lui fit
un clin d'œil discret afin de lui faire comprendre qu'il
voulait juste leur faire peur.

— Quel Gardien ? Moi je n'ai pas peur, je lui pète
dessus ! répondit Eden avec un air crâneur et
espiègle.

— Tu ne devrais pas parler du gardien comme ça
tu sais… Le gardien, c'est un homme vêtu d'un long
manteau noir, d'un chapeau noir, de grosses bottes et
il se déplace avec sa canne qui fait du bruit... toc, toc,
toc.

— Arrête, tu me fais peur Rémy sanglota Calvin en
pleurant.

— Oh ne t'en fais pas Calvin, le gardien ne s'en
prend pas aux enfants sages comme toi, il n'emmène
que les enfants affreux comme Eden !

— Arrête, tu vas les faire flipper ! Mes parents vont
me tuer ! râla Victoria.

— Tu veux qu'ils dorment pour qu'on puisse regarder notre film ou pas ? demanda discrètement Rémy. Elle acquiesça. Alors il poursuivit :

— On raconte que le Gardien, à l'origine, était un gentil vieil homme, mais que ses petits-enfants l'ont tellement rendu fou qu'il les a dévorés ! Et depuis c'est devenu un ogre mangeur d'enfants pas sages. La nuit, il se balade dans les rues et s'assure que les enfants sont gentils avec leurs parents. Sans ça... il les emmène avec lui et, soit il les dévore pour se nourrir, soit il les garde avec lui et les met dans sa cave, et là, ils sont condamnés à rester avec lui pour toujours !

— Arrête ! J'ai peur ! pleurnicha Calvin.

Victoria se précipita pour aller le consoler :

— Ce n'est rien, c'est fini. Allez fais dodo, il est tard.

Eden regagna son lit.

Après les avoir embrassés et leur avoir souhaité une bonne nuit, les petits se retrouvèrent dans le noir.

— Eden, allume ta lampe, j'ai peur !

— Maaais... Laisse-moi dormir gros trouillard.

Eden se leva finalement, alluma sa lampe et sortit ses soldats. Il recommença à jouer et à faire du bruit.

Dans le salon, Victoria et Rémy avaient mis leur film et le son de la télé couvrait les bruits.

— Eden couche-toi vite, tu vas faire venir le méchant Gardien !

— Pfff, il n'existe même pas ! Laisse-moi jouer trouillard !

Alors que la peur de Calvin avait envahi tout son corps, un étrange bruit se fit entendre : toc, toc, toc... Comme le bruit d'un objet qui tapait au sol.

— C'est le gardien avec sa canne ! hurla Calvin terrifié.

— N'importe quoi ! C'est sûrement un animal, t'es vraiment qu'un trouillard.

Soudain, ils entendirent quelqu'un frapper derrière le volet, qui se trouvait fermé. L'appartement était au rez-de-chaussée. Alors qu'Eden commençait à avoir peur, il se tourna vers la fenêtre.

— Viens vite dormir Eden, si t'es pas gentil, il va t'emmener !

— Mais ferme-la !

BAM BAMBAM !

On cogna de nouveau sur le volet.

Eden s'approcha doucement de la fenêtre, l'ouvrit pendant que son petit frère le suppliait de retourner se coucher et de ne pas ouvrir.

Il ouvrit le volet, recula dans un premier temps puis se pencha doucement par la fenêtre. Après avoir constaté qu'il n'y avait rien et que tout était calme, il se tourna vers son frère et lui dit :

— Tu vois, y a rien ! Espèce de déb…

Il n'eut pas le temps de finir qu'un homme apparut brusquement devant lui, identique à celui décrit par le petit ami de sa sœur. La peur le fit se jeter en arrière. Calvin, lui, hurlait alors que le Gardien escaladait la fenêtre pour se glisser à l'intérieur. Une fois dans la chambre, il avança doucement vers Eden s'aidant de sa canne, son chapeau cachant son visage, alors qu'Eden reculait sur les fesses en criant. Une fois devant lui, le Gardien s'arrêta, le saisit à la jambe de son long bras et le traîna ainsi jusqu'à la fenêtre. Eden cria et supplia son frère de l'aider, mais ce dernier était figé sous sa couette et pleurait. C'est en criant « Calvin ! » dans un dernier effort que le petit Eden se fit emporter dans l'ombre de la nuit.

Victoria et son petit ami qui regardaient la télé à fond n'entendirent rien, bien entendu.

Toujours dans le quartier HLM, un peu plus loin la même nuit.

Sous un petit porche, une bande de pré-ados s'amusaient bruyamment, criant, riant, se faisant remarquer, ne cessant de faire les idiots malgré l'intervention de plusieurs voisins qui leur avaient demandé de se calmer.

Zyad et Soan, deux jeunes garçons de 12 ans, regardaient des magazines qui n'étaient pas de leur âge. Lorina, leur amie du même âge, se tenait un peu plus loin, l'air dégoûtée.

— Regarde, elle est complètement à poil ! dit Zyad.

— Vas voir page 24, ajouta Soen.

— Vous regardez quoi ? demanda Yanis le petit frère de Zyad, âgé de 9 ans.

— Ce n'est pas de ton âge ! Vas jouer plus loin, Yanis !

Le jeune garçon, l'air boudeur prit son pistolet en plastique puis partit jouer en s'éloignant.

— Sérieux, les gars on pourrait faire autre chose ! suggéra Lorina.

— Hé, Lorina tu ne voudrais pas te déshabiller comme la nana de la page 24 ?

La jeune fille, choquée, lui lança :

— Ferme ta gueule, bouffon ! avant de lui envoyer son album de carte Pokémon dessus.

Il eut le temps de se protéger avec son coude.

— Hé ! Tu m'as fait mal connasse !

— Mais ferme ta gueule ! répondit Lorina.

Une fenêtre s'ouvrit et un homme brailla :

— C'est pas bientôt fini ce bordel ? Yen a qui se lèvent tôt pour bosser ! avant de refermer violemment la fenêtre.

Soen se leva en direction de la fenêtre qui venait de se refermer et fit un bras d'honneur avant d'ajouter :

— Vas te faire foutre sale con !

Zyad se mit à rire, suivi de Lorina.

Alors qu'ils riaient comme des fous, une autre fenêtre s'ouvrit et une maman demanda le calme car son bébé venait de se réveiller à cause du bruit. Mais les enfants continuèrent à rire.

Plus loin, alors que le petit Yanis s'amusait sagement avec son pistolet, il entendit un drôle de bruit qui semblait venir de derrière le toboggan : toc, toc, toc...

Intrigué, il s'approcha plus près et aperçut vaguement l'ombre du Gardien. Il prit peur puis partit en courant rejoindre les autres.

— Zyad, Zyad, y'a un drôle de type là-bas derrière le toboggan !

— Arrête tes conneries ! Tu regardes trop de séries flippantes, ça te joue des tours !

— Mais non, je te jure que c'est vrai !

— Arrête de flipper le gnome ! dit Soen.

— Vous pensez pas qu'on devrait aller voir ? proposa Lorina, qui voulait les faire bouger.

Entre temps, une autre fenêtre s'était ouverte et un jeune avait crié :

— Fermez vos gueules sales gosses ou j'descends !

Les jeunes se dirigèrent lentement vers le square, tout en continuant de chahuter. Medhi, lui, restait à l'arrière, peu rassuré.

— C'était où ? demanda Zyad.

— Juste derrière, regarde !

Ils s'approchèrent mais ne virent rien.

—Tu vois, y a rien ! Tu fais chier Yanis ! cria Soen, en balançant une pierre sur le toboggan.

— Hé Zyad, essaie de lancer plus loin !

Le jeune garçon lança un caillou qui atterrit sur une voiture, garée un peu plus loin, Lorina sourit, les traita de fillettes et lança une pierre à son tour qui alla briser la fenêtre du logement d'une petite dame. Cette dernière ouvrit la fenêtre et rouspéta.

— Je vais appeler la police !

— Tu sais ce que je leur dis aux flics, vieille bique ? riposta Soen.

Alors que les enfants s'éloignaient en riant derrière le square, sur le chemin qui menait vers un petit terrain vague, Yanis entendit de nouveau … toc, toc toc, … et il ressentit nettement les pas se rapprocher d'eux.

— Zyad !! Ça recommence !

Énervé, Soen se retourna puis dit :

— PUTAIN ! Tu fais chier Yanis !

Et soudain, l'homme arriva très vite, attrapa Soen, le tira vers lui et l'engloutit sous le regard des autres qui, terrorisés, se mirent à fuir, s'engouffrant dans le terrain vague. Lorina tomba.

— Zyad, aide moi !

Ce dernier hésita puis fit demi-tour pour tendre la main à son amie.

Alors qu'elle essayait de se relever, elle fut happée en arrière par le Gardien avec une violence inouïe.

Zyad, pris de panique, regarda son petit frère et lui cria :

— COURS !!

Le jeune garçon se mit à courir à toute allure, quand soudain il s'arrêta net, après avoir entendu son frère crier :

— NOOOON !

Paniqué et désespéré, il se cacha derrière un arbre en sanglotant, priant pour ne pas être le prochain.

Le lendemain après-midi, à l'Agence.

Tout le monde était présent dans la salle de relève et tout le monde était sous le choc après avoir appris la disparition de quatre enfants à Mystéria, et que les deux petits témoins de leur disparition décrivaient la même chose ; un homme vêtu d'un long manteau noir, un chapeau, des bottes et une canne.

Le jeune Yanis avait dit avoir vu l'un des enfants se faire dévorer… C'est pourquoi les enquêteurs de l'Agence partirent sur la piste du surnaturel, alors que les policiers suivaient la piste d'un kidnappeur. Ils ne pouvaient croire aux affabulations du petit garçon et à cette histoire d'enfant dévoré, surtout que sur les lieux de la disparition ne se trouvait aucune trace de sang.

Océane éclata en sanglot en pleine réunion :

— Qu'est-ce qu'il t'arrive, Océane ?

La jeune fille, le visage larmoyant, sécha ses larmes avant de s'exprimer :

— J'aurais pu éviter ça…

— Quoi ? demanda Stan.

— Hier, plus tôt dans la journée, j'ai fait un cauchemar dans lequel je voyais cette espèce de croquemitaine s'en prendre à des enfants ! Mais je n'ai eu aucune vision ensuite et quand j'ai placé mes mains sur la carte, je n'ai eu aucun flash contrairement à ceux pour les vampires, et dans la boule de cristal que j'ai interrogée, je n'ai rien vu non plus…

— C'est étrange ! dit Stan l'air songeur.

Frédéric, le sorcier expliqua :

— Si elle n'a pas pu percevoir le drame avec les moyens utilisés habituellement, c'est que nous avons probablement à faire à quelque chose qui nous dépasse…

— C'est-à-dire ? demanda Lou.

Frédéric passa sa main sur sa barbe, réfléchit avant de poursuivre.

— La boule de cristal, ou la position sur la carte, ou les visions qui apparaissent à Océane, fonctionnent avec ce qui est réel. Les vampires sont réels, les démons aussi…

— Je n'y comprends rien ! dit Mathieu.

— Ce que je veux dire, c'est que si son don lui permet de voir ce qui va se passer réellement dans un cauchemar ou une vision, et si elle n'est pas parvenue à voir ce démon, c'est que cette chose qui s'en prend à ses enfants n'est probablement pas vraiment réel, tout comme les rêves ne sont pas réels.

— Je ne voudrais pas vous contredire Fred, mais ses enfants ont disparu et ça, c'est bien réel !

— Oui, visiblement, il accède à notre monde pour exécuter ses projets. Si c'était un démon ou un monstre qui appartient à notre monde, Océane aurait pu tout prédire. Or ça n'est pas le cas ! Mais pour trouver la solution pour l'arrêter, il va falloir plus d'informations. Les deux témoins ont dit avoir vu les enfants se faire emporter, nous avons peut-être une chance de les retrouver vivants.

— Je vais aller parler à Victoria, la sœur de Calvin et Eden. Elle dans ma classe, elle pourra sûrement m'en dire plus puisqu'elle s'occupait d'eux le soir de la disparition, proposa Lou.

— Alison et moi, on s'occupe du petit Yanis, il habite l'immeuble à côté des HLM où on vit, c'est un petit voisin, suggéra Juliette.

— Parfait, dit Frédéric. Essayez de m'apporter le plus d'informations possible afin que nous puissions éclaircir tout ça. En attendant, nous allons devoir redoubler de vigilance et patrouiller partout en ville.

— Quant à toi, Océane, ne culpabilise pas. Les enfants sont peut-être toujours vivants, rassura Stan avant d'ajouter :

— De notre côté, ici, on va faire des recherches dans les légendes et contes pour enfants. Il existait un croquemitaine qui emmenait les enfants et celui-ci pourrait avoir été réveillé par quelqu'un ou quelque chose, comme un talisman.

À ST Louis, devant de lycée

Lou repéra Victoria, assise sur un muret devant le lycée, les yeux cernés, tremblante, l'air stressé et sous état de choc, une cigarette à la bouche. Rémy, se tenait à côté d'elle, dans un état second, lui-aussi.

Lou s'approcha, accompagné de Jessica et Charlène.

— Salut victoria !

Cette dernière la contempla l'air surprise puis répondit.

— Ah… Salut la rebelle ! réagit-elle en s'efforçant de montrer qu'elle allait bien.

— Je suis désolée pour ce qu'il vous arrive.

— Je m'en veux tellement… J'ai été horrible avec lui…

— C'est-à-dire ? demanda Lou

.— Il ne voulait pas dormir alors j'ai crié comme une dingue sur lui… Et on l'a fait flipper avec une histoire d'ogre mangeur d'enfants pas sages…

Lou et Charlène se regardèrent aussitôt :

— Pardon ? Tu viens de dire quoi ?

— Ce n'est rien ! Arrête de culpabiliser ! On voulait juste qu'ils se calment, la consola Rémy.

— Juste comme ça, cette histoire d'ogre, tu l'as sortie d'où ? Genre, c'est un fait réel devenue une histoire pour faire flipper les enfants ? demanda Charlène.

Rémy répondit aussitôt :

— Non ! Du tout ! C'était une histoire que j'ai inventé de toute pièce !

— Tu n'aurais jamais dû faire ça, ce n'est pas bon, tu sais, dit Marina, la copine de Victoria qui était juste à côté.

— Explique ! demanda Rémy.

— Crier dans une maison, hurler, se disputer, ça attire des ondes négatives ! Et quand tu es mal, que t'as peur, ça peut attirer de mauvais esprits, ou des créatures d'un autre monde… Enfin c'est que j'ai entendu dire…

— Tu crois en ces choses ? demanda Lou.

— Disons que je m'y intéresse, c'est tout.

— Et Calvin, comment va-t-il ? demanda Jessica.

— Il est terrorisé… il dit que c'est l'ogre qui a emmené son frère car il n'était pas sage…

— Eden est un enfant pas turbulent ? demanda Charlène.

— C'est vraiment un gosse dur, il en faut de la patience avec lui… Mais je donnerais n'importe quoi pour qu'il revienne.

Pensant être sur une piste, Lou demanda :

— Et Calvin, lui, il est sage ?

— Euh… Ouais, c'est un amour, lui… Mais c'est un enfant très, très peureux. Pourquoi ? répondit Victoria qui essayait de rester forte.

— Euh, non comme ça… Euh juste comme ça. Rémy dans ton histoire, tu as dit que l'ogre mangeait les enfants ou qu'il les emportait ; et où ? demanda Lou.

— J'ai raconté que c'était un Gardien qui se baladait la nuit et qu'il emportait les enfants sots pour les enfermer dans sa cave, dévorant les plus terribles… Mais Lou, c'était qu'une histoire…, répondit Rémy avant de se lever pour aller en cours.

Alors que la sonnerie retentit, les filles s'en allèrent vers le bâtiment après avoir souhaité bon courage à Victoria et envoyé un message à Stan pour lui dire qu'elles tenaient peut-être quelque chose pour faire avancer l'enquête.

En début d'après-midi, près du bâtiment où le petit Medhi habitait.

Alors que les parents de l'adolescent étaient en larmes, discutant avec deux policiers, Yanis se tenait à côté de la porte d'entrée du bâtiment. Alison et Juliette s'approchèrent doucement du garçon qu'elles connaissaient.

— Salut Speeder Man. Comment il va, mon super héro ? demanda Juliette.

Le garçon haussa les épaules en guise de réponse.

Alison lui caressa le visage, puis ajouta :

— Comment tu te sens ?

Yanis inspira, soupira puis dit :

— Ben… Je m'en veux beaucoup, c'est moi qui leur ai demandé d'aller voir près du toboggan…

— Dis-moi mon grand, qu'est-ce que tu as vu, demanda Juliette.

— Les policiers ne me croient pas.

Océane et Juliette se contemplèrent puis Alison dit :

— Mais nous, on te croit… On sait qu'il existe des méchants qui peuvent faire du mal aux enfants, mais il existe des héros qui peuvent les protéger… Qu'est-ce que tu as vu ?

Après que Yanis ait expliqué tout ce qu'il s'était passé le soir de la disparition de son frère, les filles lui souhaitèrent bon courage, puis elles s'en allèrent.

— Tu penses que ce monstre a vraiment dévoré Soen ? chuchota Océane.

— C'est possible… En tout cas y a de fortes chances pour que les autres soient encore en vie.

— On a quand même une piste, Yanis, lui, n'a pas été emporté par cette chose, il dit bien que l'homme s'est arrêté devant lui mais qu'il ne l'a pas pris, et qu'ensuite il est reparti.

— Oui et le petit Calvin, non plus, n'a pas été emporté…

— On en saura plus ce soir, avec les infos que Lou aura pêchées.

Les deux jeunes filles notèrent les informations récoltées sur un petit bloc note avant de quitter la résidence.

Au lycée public de Mystéria en plein cours
Endormie en classe, Océane, épuisée, faisait un cauchemar, elle se voyait marcher dans une ruelle sombre, où elle entendait des voix, des voix d'enfants appelant au secours. Alors qu'elle avançait doucement, effrayée, elle aperçut une porte sur laquelle était inscrit « Cave ». De nouveau, elle entendit les enfants appeler au secours, elle essaya d'ouvrir mais n'y parvint pas. Quand soudain, elle eut le réflexe de se retourner et elle se retrouva face à une très jeune métisse dont les yeux étaient totalement noirs… Il s'avança et s'adressa à elle :

— C'est trop tard pour moi mais pas pour eux…

Il disparut soudain. Elle comprit aussitôt qu'il s'agissait du fantôme de Soen, décédé. Elle se réveilla en sursaut et hurla en se jetant au sol ce qui attira tous les regards sur elle. Elle ne possédait pas le don qui permettait de communiquer avec les esprits. Elle savait que ça n'était pas l'esprit du petit garçon. Mais elle sentait que malheureusement, il s'agissait d'un rêve prémonitoire. Son cœur se serra, ses larmes se bousculaient sans sa gorge. Les Protecteurs n'ont pas l'habitude de perdre. Très vie sa tristesse se transforma en colère.

À l'Agence, peu de temps après
Stan, désespéré de ne trouver aucune information au sujet d'un éventuel croquemitaine, reçut un message sur son biper qui provenait d'Océane :

« Réunion d'urgence ! »

Un frisson lui parcourut le corps, son sang se glaça. Il n'avait pas l'habitude de recevoir ce genre de message. Pour la première fois depuis longtemps, la situation échappait aux Protecteurs.

À l'Agence quelque heures après
Après que les filles aient apporté les nouveaux éléments, et qu'Océane ait raconté son cauchemar, tout le monde essaya d'en tirer des enseignements pour démêler la situation.

— De toute évidence, le Gardien qu'a inventé Rémy est devenu réel…mais comment ? s'interrogea Stan.

— J'ai bien retenu ce que Marina a dit, comme quoi traumatiser un enfant, crier ce genre de chose pouvait attirer les ondes négatives, voir créer le Mal… Surtout que Calvin est un enfant peureux qui stresse tout le temps.

Frédéric dit aussitôt :

— Mais oui, bien sûr ! En effet, il semble logique que ce soit la peur, le stress, le mal-être chez cet enfant qui aient provoqué cela. Le monstre et l'univers qui vont avec, ont été engendrés par sa peur …

— Mais qu'est ce qu'on peut faire alors ? Comment fait-on pour le combattre ? s'inquiéta Mathieu.

— On n'est pas dans la merde ! Océane ne le voyant que dans des cauchemars, on ne sait même pas où il se trouve, où il va attaquer et quand. Apparemment, il s'en prend aux enfants perturbateurs, on ne peut pas aller dans toutes les maisons s'assurer que tous les enfants soient sages ! poursuivit Damien.

— Et sans oublier le cauchemar d'Océane... S'il s'avère vrai, le petit Soen est décédé... Mais les autres sont toujours dans la cave...

— Mais où trouver cette cave ? s'écria Ethan.

— Et bien… là où je me trouvais, ce n'était pas Mystéria, c'était des maisons difformes avec des aspects effrayants, on aurait cru voir une ville sortie tout droit d'un cauchemar d'enfant..., expliqua Océane.

— Donc, ils sont bien coincés dans un autre monde… Pour cela, je peux faire quelque chose. Avec l'aide d'Angélique, je peux créer une porte qui nous permette d'entrer dans le monde du Gardien, et d'aller y chercher les enfants, dit Fred.

— C'est une excellente nouvelle mais ce soir, il risque de frapper à nouveau ! Et on ne sait même pas où, fit remarquer Liam.

— Cela nous permettrait de le filer et d'aller chercher les enfants dans la cave ! fit Frédéric.

— Euh donc si je comprends votre plan, on profite du fait qu'il aille en zigouiller d'autres pour qu'on puisse aller cherchez ceux qui sont encore prisonniers ? demanda Liam l'air complètement perdu.

— Non, je pense avoir deviné son plan… , dis Angélique avant de se tourner vers à Océane en souriant :

— Endors-toi…, lui ordonna-t-elle avant que celle-ci ne s'effondre dans un profond sommeil.

Une demi-heure plus tard…

— Vous êtes sûrs que ça va marcher ? demanda Mathieu.

— Épargne-nous ta négativité, rechigna Audrey la sorcière.

— Il a raison, aussi bien, elle ne va pas faire de cauchemars.

— Mais arrêtez ! Vous allez portez la poisse ! ronchonna Aurélie, la sœur d'Angélique et Audrey.

Angélique et Frédéric préparèrent un sort puissant afin d'ouvrir une porte pour aller dans l'autre monde.

— Sérieux on perd notre temps !! Moi je vais aller chercher l'arme la plus de tranchante que je trouverai dans la salle d'armes, et je vais allez trouver ce fils de pute moi-même !! cria Mathieu.

— Mais arrêtes ! On ne sait même pas à qui on a à faire. Il va falloir qu'on soit tous sur le coup, tu ne peu pas y'aller tout seul, imbécile ! expliqua Audrey.

— Ah ouais et pourquoi ça ? demanda Mathieu d'un air supérieur.

— Parce t'as beau être super fort, ce truc là pour le tuer, il ne va pas falloir le rouer de coups ! Nous avec notre magie, on peut lancer un sort pour arrêter ça.

— Pffff ! Tu ne te la joues pas un peu là ?

Alors qu'ils se disputaient, Océane se leva en sursaut.

— AAAAAAh !!!! Mon Dieu ! Chez les Cléments, ce soir, leurs filles, Camille et sa petite sœur !

Elle parlait de la famille de l'adjoint au maire de Mystéria, un homme connu pour ne pas être très honnête. Sa fille, ado de 14 ans, étaient une vraie teigne qui embêtait les autres camarades de sa classe. L'an dernier, elle et ses deux amies avaient poussé une jeune fille à se suicider au collège. Quant à sa petite sœur Élisa, 10 ans, elle était infernale et suivait l'exemple de sa sœur.

— On sait où aller à présent ! dit fièrement Angélique.

— Mais attendez ! Qui vous dit qu'il va aller là en premier !

demanda Mathieu.

— T'as un meilleur plan ? demanda Audrey furax.

— Écoute Mathieu, on essaie de faire ce qu'on peut, avec ce qu'on a, dit Angélique avant de continuer :

— Frédéric va se rendre dans l'autre monde, avec Aurélie pour aller cherchez les enfants. Quant à moi, je vais aller chez les Cléments avec Audrey afin d'essayer d'empêcher qu'ils ne s'en prennent à leurs filles. Une fois que Fred et Aurélie auront récupérer les enfants, on tentera un sort. On a trouvé un rituel : en écrivant l'histoire de Rémy sur papier puis en la brûlant, on peut mettre fin à tout ça…

— O.K c'est bon… je viens avec vous ! s'imposa Mathieu.

— Moi aussi, trop dangereux pour vous laisser y aller seules ! dit Liam.

Angélique soupira, puis ajouta : c'est d'accord.

Plus tard, à la tombée de la nuit, à l'Agence.

Angélique et Frédéric avaient réussi, à l'aide de la magie à créer une porte spatio-temporelle pour entrer dans le monde où se trouvait le Gardien. Le sort qu'ils avaient préparé afin de détruire son monde était maintenant au point. Il n'y avait plus, pour Frédéric et Aurélie, qu'à tenter d'aller chercher les enfants.

Quant à Angélique et Audrey accompagnées de Liam et Mathieu, elles faisaient le guet devant chez les Cléments. Elles avaient préparé un sort afin de rendre le Gardien réel pour pouvoir le combattre. Alors que le portail scintillant de lumière verte était grand ouvert, Fred et Aurélie s'y engouffrèrent...

Dans le monde du gardien

Il y faisait sombre, et un horrible brouillard les empêchait de bien voir devant eux. Cependant, ils purent quand même constater qu'ils étaient au bon endroit au dire des cauchemars d'Océane ; une ruelle dans la nuit noire, des maisons aux formes effrayantes, des bruits de grognements... Les sorciers n'eurent pas à aller bien loin car des cris d'enfants les poussèrent à s'arrêter.

« AIDEZ-NOUS ! À L'AIDE ! IL VA REVENIR ! AU SECOURS ! »

Ils se concentrèrent à présent sur les cris afin de se diriger tant bien que mal dans leur direction.

Devant chez les Cléments

Angélique et Audrey se tenaient planquées derrière un arbre, les deux mains jointes, se concentrant, liées par la magie afin d'arriver à sentir la présence du

Gardien maléfique. Mathieu et Liam se tenaient assis sur le toit et attendaient.

À L'intérieur de la maison, le père n'étant pas là, probablement chez sa maîtresse car il était aussi connu pour ses infidélités, Mme Clément était au rez-de-chaussée, dans le salon, devant télé, tout en chattant sur des sites de catch, son casque sur les oreilles et se moquant bien de ce que ses filles pouvaient faire de bien ou de mal.

La plus grande était au téléphone avec un garçon de sa classe :

Elle

— Nan, je jure mes parents ne se doutent de rien !

Lui

— T'es sûre ?

Elle

— Mais oui, t'inquiète, ils sont tellement occupés qu'ils n'ont rien grillé pour les cigarettes !

Lui

— Si tu l'dis ! Oh fait, tu as vu la photo en sous-tif de Meline sur les réseaux ?

Elle

— Ouais, ça a fait un carton ! Elle se fait insulter dans tous les sens !

Elle

— J'espère qu'elle va aller se pendre !

Lui

— Moi aussi !

Alors qu'elle venait de raccrocher, elle avait augmenté le son de son enceinte, bien que sa mère le lui ait interdit. Ce qui attira l'attention de cette dernière qui entra dans sa chambre et ordonna aussitôt :

— Baisse le volume tout de suite !

— Et sinon quoi ? Tu vas le dire à papa quand il reviendra de chez sa pétasse ?

— Julie ne me parle pas comme ça !

Alors qu'elle enfilait sa veste, elle reprit :

— Je sors.

— Voir l'autre connard ?

Sa mère se contenta de regarder sa fille, exaspérée par son manque de respect, puis sans oser la regarder dans les yeux, elle ajouta avant de partir :

— Bonne nuit à demain, et baisse, y a des voisins.

Sa mère avait à peine quitté sa chambre qu'elle augmentait le volume à fond.

Dans sa chambre, Camille sa sœur de 10 ans, ne dormait pas non plus, au grand désespoir de sa mère. Elle profita du départ de sa mère pour aller voler quelques bijoux dans son coffret afin de les vendre.

Angélique et Audrey, ayant constaté que la mère était sortie, décidèrent de se rapprocher de la maison. Les garçons descendirent du toit pour les rejoindre.

Soudain, la porte d'entrée s'ouvrit violemment comme si quelqu'un était entré mais ils ne virent personne. Intrigués, ils se décidèrent à pénétrer dans la maison. Et alors qu'ils grimpaient tout doucement l'escalier, ils entendirent un hurlement provenant de l'étage. Ils déboulèrent dans la chambre de Julie et ils furent sous le choc en voyant la jeune fille dans la pièce, étendue sur le sol, ensanglantée et hurlante tandis que Camille était assise plus loin, hurlant elle aussi. La musique crachait sa musique, toujours à fond.

— Putain, il est là ! Ce fils de pute est dans la chambre ! cria Mathieu paniqué.

— Comment ça se fait qu'on ne peut pas le voir ajouta Mathieu, qui essayait de porter des coups de sabre dans le vide.

— Il n'y a peut-être que les enfants et pré-ados qui peuvent le voir ! cria Audrey déstabilisée.

Alors que la sorcière aînée essayait de lancer des sorts afin de rendre visible le gardien, Audrey parvint à récupérer Camille et à la sortir de la chambre afin de lui donner les premiers soins. Les garçons essayèrent tant bien que mal de sauver Julie qui volait dans les airs comme si quelqu'un la projetait.

Le sortilège des sorcières finit par fonctionner et le Gardien apparut enfin. Ce fut plus facile pour les garçons de gérer la situation. Liam s'occupa du grand méchant tandis que Liam vola au secours de la jeune fille.

Dans le monde du Gardien
Arrivés devant la porte de la cave, Frédéric l'ouvrit à l'aide de ses pouvoirs, et il fut rassuré de voir tous les enfants se précipiter vers eux pour sortir. Ils avaient les yeux cernés, l'air terrorisé mais sains et saufs. Aurélie eut le réflexe de les prendre sous son aile et de les faire sortir. Une fois le portail franchi, et de retour dans notre monde, ils refermèrent la porte du monde du Gardien puis commencèrent le sort afin de détruire ce monde et le propriétaire avec.

Chez les Cléments
Alors que les garçons échangeaient des coups avec le croquemitaine, et qu'Angélique et Audrey portaient toute leur énergie dans un sort qui avait pour but d'affaiblir l'ennemi, ce dernier se désintégra au milieu de la pièce dans un hurlement digne d'un cri des enfers.

La jeune Julie et sa petite sœur étaient grièvement blessées, mais survivaient grâce aux Protecteurs.

— Ça a marché… soupira Audrey, épuisée… On a réussi.

— La mission n'est pas encore tout à fait fini. Il pourrait revenir…, dit angélique avant d'ajouter :
— Grimiyo doit faire quelque chose…

Dans la chambre du petit Calvin

Grimiyo, les yeux jaunes, envoûta le petit garçon :

— Le Gardien n'existe pas, ni aucune autre créature terrifiante, tu le sais, tu es un petit garçon qui n'a peur de rien. Tu es fort, beau, courageux et plus jamais rien ne te fera peur.

Après avoir répété ces mots sous hypnose, Calvin fut un nouvel enfant qui montra beaucoup de prédispositions pour des sports à risques.

Grimiyo et Grimini hypnotisèrent les autres enfants enlevés afin qu'il ne se souviennent de rien si ce n'est d'avoir simplement voulu fuguer le soir de leur disparition. Alors que le petit Soen était toujours officiellement porté disparu, les grelins hypnotisèrent leurs parents afin d'alléger leur peine et les aider à se reconstruire :

« Votre enfant a quitté notre monde pour un autre, vous n'aurez pas trop de chagrin, vous allez partir de cette ville et y recommencer une nouvelle vie ailleurs afin de vous reconstruire. »

Eden dit qu'il se souvenait d'avoir voulu suivre un chat et de s'être perdu.

« Les monstres existent, les fantômes aussi…Ils vivent
en nous, et parfois ils gagnent »
Stephen King

Mes remerciements,

Merci à mon mari, à mes enfants qui me comblent de joie chaque jour et qui m'encouragent à réaliser mes rêves.

Table des matières

Dépôt légal mars 2022